오래 알고 지낸 숙녀에게

오래 알고 지낸 숙녀에게

박수아 지음

마음세상

2부 관계의 온도

4부 나와 마주하기

늦게 도착한 안부

어릴 적 소녀의 집 안방 자개농엔 큰 거울이 달려 있었다. 소녀는 어느 날 심한 감기를 앓고 나서 문득 거울에 비친 자기 모습을 보았는데, 수척해진 얼굴이 마음에 들었다. 단발머리를 한 하얀 얼굴의 소녀에게서 어딘가 성숙함이 느껴졌다. 그날 이후 종종 소녀는 거울 앞에 서서 자신과 대화했다. 어떤 날은 온갖 다양한 표정을 지어 보기도 하고, 또 어떤 날은 그저 가만히 서 있었다. 거울 속의 소녀는 무슨 생각을 했을까, 막연했지만 그건 아름다움에 관한 것들이었다.

소녀는 자랐고, 여인이 되었다. 한 사람의 아내가 되었고, 아이들의 엄마가 되었다. 한동안 생활에만 열중했다. 가끔 한숨을 쉬긴 했다. 소녀의 꿈과 점점 멀어지는 것 같아서였다. 그럴 땐 책을 꺼내 읽었다. 밑줄을 긋고, 구절에 담긴 의미를 찾으려 노력했다. 커피는 항상 도움이 되었다. 산책을 하며 이름 모를 예쁜 들꽃을 카메라에 담았다. 모나지 않은 수수한 아름다움을 닮고 싶었다. 에너지가 필요할 땐 몸을 부지런히 움직였다. 요가를 하고, 먼지를 일으키며 집을 수선했다. 이 모든 새로움을 찾는 여정 속에 늘 아름다움이란 전제가 있었다. 당연하게도 삶은 거칠고 아픈 것들이 더 많아서 자주 지쳤고, 주저앉을 때도 있었다. 그러나 씩씩하게 다시 일어났다. 소녀는 이제 숙녀가 되었기 때문이다.

자개농 거울 속 여윈 소녀는 어느새 쉰의 문턱을 넘은 중년의 부인이 되었다. 나는 그녀를 오래 알고 지냈다. 하지만 이름을 제대로 불러준 적이 없다. 나는 기꺼이 그녀를 숙녀라고 부르려 한다. 삶의 고단함 속에서도 항상 아름다움을 희구하는 마음. 화려하지 않지만 매일의 일상을 정성껏 단장하며 살아온 그녀에게 이제 정중한 첫인사를 건네고 싶다. 이 책은 내가 오래 알고 지낸 숙녀에게 보내는 편지이자, 초대장이다.

우리는 저마다의 계절을 통과하며, 자신만의 기품을 가진 숙녀들이다. 나는 당신 안에 잠들어 있는 숙녀를 조용히 깨우고 싶다. 따뜻한 커피 한잔을 사이에 두고, 이야기 나누듯 책을 통해 당신의 숙녀와 만나러 가는 이 길이 설렌다.

1부 몸이 기억하는 것들

여인의 화장

화장하는 여인의 마음을 떠올려 본 적이 있는가. 보통의 일상과 설렘의 순간, 때로는 절망의 순간조차, 여자들은 거울 앞에 자신의 모습을 비추었다. 그들은 매일 아침 거울을 보며 단장했다. 화장의 마지막 립스틱을 칠할 때는 우에~ 하고 입술을 오므렸다 펴는 다소 고혹적인 자태를 수만 번 반복했다. 인생의 기쁜 순간부터 고통의 시간까지 함께 해 온 일상이다. 삶의 흐름과 함께 화장하는 마음도 조금씩 달라졌다. 처음엔 호기심으로 순수하게 예뻐지길 바라는 마음으로 화장을 시작한다. 그러나 점점 무의식적으로 반복되는 일상이 되고, 때로는 거추장스러워서 그만 놓아버리기도 한다. 하지만 그 시간이 지나고 나면 여자들은 다시 거울 앞에 자신의 모습을 비춘다.

매일 아침 화장을 한다. 물 세안을 하고, 스킨과 로션을 바르고, 그 위 선스크린, 약간의 톤업 크림을 두드려 바른다. 이어서 눈썹을 그리는데 어떤 날은 비뚤고, 또 어떤 날은 붓으로 획을 긋듯, 한 번에 잘 그려질 때도 있다. 요즘 흔한 눈썹 문신을 하지 않아서 매일 반복적으로 그려야 하지만 눈썹을 그리는 일로 하루의 일과를 미리 점쳐 보기도 하니 그리 귀찮지만은 않다. 마지막으로 색상이 조금 들어간 립밤을 바르는 것으로 마무리.

사실 크게 화장이랄 것은 없다. 그저 맨얼굴로 외출하기 민망하니 약간의 덧칠을 한달까, 나는 가벼운 화장을 선호한다. 요새는 메이크업 문신이 보편화 돼서 눈썹과 아이라인 뿐만 아니라 입술까지, 얼굴 전체에 타투를 하는 여성들도 많다. 팩트만 발라도 바로 외출할 수 있으니까 준비하는 시간이 많이 절약될 것이다.

하지만 나는 문신이 두렵기도 하고, 짧은 시간이지만 화장이라는 행위에 나름 의미를 둔다. 그래서 아침마다 거울 앞에 선다.

성인이 되어 화장을 막 시작했을 때는 공을 많이 들였다. 공부하던 책상 위에 책 대신 화장품을 진열하고, 커다란 거울을 갖다 놓았다. 그 당시 아○○에서 무료로 발행하던 미용 잡지가 있었는데 한동안 탐독을 했다. 책자에 소개된 미용 정보나 화장법을 따라해 보며 조금씩 메이크업 기술도 익혔다. 공교롭게도 그땐 밍크 브라운 색상이라 불리던 거무튀튀한 색이 대유행이었다. 짙은 색의 아이라인과 함께 본인의 입술선보다 과장되게 립스틱을 칠했다. 모델은 배우 이영애였다. 경쟁사의 모델은 심은하와 김혜수였던 걸로 기억한다. 그들 덕분에 눈과 입술을 강조한 인상파 여인들이 쏟아져 나와 거리를 활보했다. 메이크업 초보였던 나도, 유행을 따라가느라 어울리지도 않는 팥죽색 입술에 시커먼 눈을 하고 다녔다. 말 그대로 흑역사인 셈이다.

십 수년간 수많은 화장법을 거쳐, 자신에게 맞는 것을 찾기까지 시간이 꽤 걸린다. 장점을 부각하고, 단점을 보완하기 위해 정교한 화장술을 익히고, 위축된 자아를 극복한다는 이유로 화장이 점점 진해지기도 한다. 노메이크업을 선언하는 여성들도 있다. 투명 메이크업, 물광 화장 등 시대에 따라 화장의 패턴도 많이 달라졌다. 확실히 스피디한 화장이 자리 잡았고, 무엇보다 본인에게 맞는 화장법을 지향한다. 이렇게 10대부터 시작된 메이크업의 역사는 노년에 이르기까지 계속된다.

화장한 여인들은 모두 아름답다. 나는 그중 할머니들의 화장한 모습이 좋다. 인생의 희로애락 모두를 겪었고, 이제는 삶을 달관하는 경지에 이르러 화장 같은 건 신경도 안 쓸 것 같지만 그들은 여전히 자신을 꾸미고, 가꾸는 마음을 가지고 있다.

예전 우리 아파트에 엘리베이터를 청소하는 할머니가 한 분 계셨다. 아침마다 곱게 화장한 얼굴로 청소를 하며, 늘 웃는 얼굴로 주민들에게 인사를 건네셨다. 연로하신 분이 먼저 인사를 하니 젊은 사람들 대부분은 처음에 어쩔 줄 몰라 했다. 하지만 변함없는 할머니의 밝은 인사에 서로가 점점 자연스러운 인사를 나누게 되었다.

나는 할머니의 주름진 얼굴 위 오랜 세월 칠해졌을 푸른빛의 아이섀도우와 붉은색 입술을 보았다. 힘든 청소 일을 하러 가는 아침, 거울 앞에서 정성 들여 화장을 하는 할머니의 모습을 머릿속으로 그려본다. 화장의 마지막, 립스틱을 바를 때 할머니의 입술도 '우에'를 발음했을까? 슬프기도, 한편 아름답기도 하다.

화장하는 여인의 마음을 다시 한번 헤아린다. 화장을 마치고 나서는 그 길이 어디였든 간에 여인에겐 나를 단장하는 매일의 의식이 있었다. 인생의 기쁨과 슬픔을 모두 통과하며 거울을 통해 자신을 담담하게 바라보는 여인의 화장, 우리는 모두 아름답다.

메인테이닝

나는 요즘 지켜내는 중이다. 우선은 몸이다. 반백의 나이에 접어 드니 하루가 다르게 신체가 마모되는 느낌을 지울 수 없다. 태어나 죽을 때까지 함께 살아야 할 내 몸이건만, 정작 아껴야 한다는 생 각을 한 건 불과 최근의 일이다. 어리석게도 나는 늙음이 나와는 거리가 먼 일이라 여겼다. 폭풍 같았던 이십 대와 삼십 대를 지나, 사십 대 언저리 그 어디쯤에 영원히 머무르며 살 것이라 막연히 생 각했다. 아마도 인간이 삶에서 마주하는 희로애락을 이미 충분히 경험했다는 자만 때문이었거나, 반복되는 삶의 순환 속에 각인된 나의 모습이 언제까지나 그대로일 줄 알았기 때문이다.

닳고 있는 몸을 보존하기 위해 정기적으로 해야 할 일들이 늘어 간다. 아침마다 동네를 걸으며 유산소 운동을 하고, 틈틈이 요가를 하며, 일주일에 세 번은 근력을 키우기 위해 웨이트 트레이닝을 한 다. 나이가 들수록 근육의 힘이 중요하다는 사실은 더 강조할 필요 가 없다. 7년 전 심한 어깨 통증을 겪은 이후 헬스를 시작했는데, 그렇게나 싫던 근력 운동에서 이제 에너지를 얻는다. 시력도 예전 같지 않다. 몇 년 전부터 작은 활자를 볼 때마다 인상을 잔뜩 찡그 리는 나를 발견했다. 가끔 눈앞에 반짝이는 잔상이 날아다니기도 했다. 고민 끝에 돋보기를 맞추어 처음 썼을 때의 그 선명함이란, 가히 새로운 세상을 만난 듯한 '개안'의 느낌이었다. 늘 기피하던 치과에도 정기적으로 발걸음을 한다. 얼마 전 치아에 금이 가 심한 통증을 겪었는데, 어떤 충격 때문이 아니라 그저 많이 사용했기 때 문이라는 의사의 말이 못내 서글펐다. 또래에 비해 치아가 건강하다고 자부하며 여름마다 얼음을 와작와작 깨물어 먹고, 옷에 붙은 상표를 이빨로 뜯던 객기는 이제 금지 사항이 되었다. 결국 금이 간 부위엔 크라운을 씌웠다. 나머지 치아들도 약간씩 실금이 보이는데 그저 인생의 수순임을 인정하고, 조심조심 아껴 쓰기로 했다. 결국 삶은 받아들이는 과정이며, 잘 유지해 나가는 것이 최선임을 배운다.

신체를 보존하는 일만큼이나 정성을 기울여야 하는 것은 감정을 조절하는 일이다. 어쩌면 몸을 지키는 것보다 마음의 건강을 유지하는 일이 훨씬 더 어려운 일인지도 모르겠다. 나는 특히 분위기나 순간의 감정에 휩쓸려 소모적인 만남을 가질 때가 많았다. 그 끝엔 늘 큰 공허함이 따랐고, 그 감정에서 탈피하고자 더욱 불필요한 유희와 시간에 나를 던지곤 했다. 당연한 결과로 깊은 우울과 권태가 찾아와 오랫동안 나를 괴롭혔다. 때로는 가족과 친구에게 상처를 주었고, 만나야 할 사람과 멀어져야 할 사람을 구분하게 된 것도 어느 정도 나이가 들고 나서였다. 인간관계가 축소된 만큼 감정의 낭비는 줄었지만, 마음의 평정을 유지하는 일은 여전히 지난한 숙제다.

급속도로 변화하는 세상 속에서 흔들리지 않고, 자신을 지켜내는 일은 점점 더 어려워진다. 몸을 단련하듯 마음도 정교하게 관리해야 한다. 정해진 루틴에 따라 생활하는 것이 신체에 이롭듯, 부유하는 감정들 역시 이렇게 글을 쓰며 정리해 보는 것도 좋겠다.

잃어가는 젊음과 이미 놓친 시간을 되돌릴 순 없다. 하지만 현재 나에게 주어진 것들을 지켜내는 것은 오롯이 나의 몫이라는 사실을 안다. 여기저기 금이 가고 조금씩 허물어져 가기에 더욱 아끼고 보존해야 할 나의 육체, 그리고 소중한 인연들과 나의 마음가짐까지. 나는 오늘도 그것들을 성실히 메인테이닝하는 중이다.

세상의 속도에 맞추느라 길을 잃지 않고, 나만의 보폭과 발걸음을 유지하려 한다. 느리고 단조로운 길이라도, 한 번씩 내게 말 걸 수 있음에 감사해 하면서.

당신은 오늘 무엇을 지켜냈는가, 닳고, 스러지는 많은 것들 중 끝

내 우리가 보존해야 할 것은 결국 나를 더 사랑하는 그 마음 하나
인지 모르겠다.

마이 요가 라이프

요가를 만난 건 내 삶에서 손꼽는 큰 행운이었다. 지난 20여 년
간 변함없이 든든한 조력자가 되어준 요가.

나의 요가 역사는 동네 요가원에 등록하는 것으로 시작되었다.
허리 통증을 완화할 운동을 찾던 중, 요가 학원 간판이 눈에 띄었
고, 망설임 없이 수련을 시작했다. 3개월쯤 꾸준히 하자 허리 통증
이 사라졌고, 체중도 빠져서 몸이 한결 가벼워졌다. 한 시간 동안
호흡에 맞춰 근육을 수축하고 이완하는 과정이 좋았다. 수련을 마
치고 나면 몸과 마음이 항상 개운했다. 평생 해야 할 운동이라는

생각이 들었다.

　나는 곧장 지도자 과정에 등록했다. 몸과 마음의 균형을 찾아가는 요가의 철학이 나를 계속 이끌었다. 열심히 수련에 매진하던 중 운 좋게 요가 모델로 TV 광고에 출연하기도 했다. 이어 자격증을 취득하며 본격적인 강사 생활을 시작했다. 새벽반부터 저녁반까지 꽤 많은 수업을 소화했는데, 그때는 바야흐로 요가 열풍이 불던 시기였다. 블로그를 열어 요가 정보를 포스팅하고, 요가에 관심 있는 사람들과 소통하는 즐거움도 누렸다.

　하지만 강사 생활은 그리 길지 못했다. 힘겨운 유산과 임신의 과정을 겪어야 했기 때문이다. 하지만 출산의 순간, 요가로 익힌 호흡법과 자세 덕분에 수월하게 아기를 만날 수 있었다. 요가를 몰랐더라면 불가능했을 일이었다. 그러나 이어진 육아의 시간은 현실적으로 요가 수련을 하기 힘들었다. 허리의 통증이 도질까 염려되어 고양이 자세를 취하는 것이 전부였을 뿐, 긴 호흡의 요가와는 점차 멀어졌다. 아이를 키우며 내 몸까지 관리하는 일은 버겁게만 느껴졌고, 그렇게 꽤 오랜 시간이 흘렀다.

그러다 우연히 다시 요가를 시작하게 됐다. 아파트 커뮤니티 센터에서 학부모들을 위한 요가 클래스를 열게 된 것이다. 오랫동안 굳어 있던 몸을 회복하기 위해 더 성실하게 수련을 준비했고, 나의 몸은 다시금 균형을 찾아갔다. 그리고 8년의 간격을 두고, 마흔두 살이라는 늦은 나이에 둘째 아들을 임신했다. 노산이었지만 요가의 힘 덕분인지 불과 한 시간여 만에 건강하게 아이를 출산했다.

다시 돌아온 육아의 시간은 이전보다 고됐다. 또 요가와 멀어지는 듯했지만, 이번에는 그리 오래 걸리지 않았다. 지인의 제안으로 실버 요가 수업을 이어받아, 일 년여간 어르신들과 함께 수련했다. 평생 굳어 있던 그들의 몸에 조금씩 균형을 찾아주는 일은 강사로서 큰 보람이었다. 그렇게 다시 요가와 함께하던 중, 코비드라는 길고 어두운 터널이 찾아왔다.

닫혀 있던 몸과 마음이 풀릴 무렵, 나는 캐나다로 오게 되었다. 그리고 이곳에서 나만의 조용한 요가 생활을 이어가고 있다.

아침마다 거실 한가운데 매트를 깔고 가만히 나를 들여다본다. 누군가를 지도해야 할 책임도, 완벽한 자세를 만들어야 할 부담도 없다. 그저 나의 몸과 마음의 불편한 곳을 찾아 천천히 호흡을 불어넣을 뿐이다. 유난히 힘든 날엔 그저 매트 위에 엎드리거나 누워도 좋다. 길게 숨을 들이마시고, 내쉬는 동안 나의 몸은 편안해지고, 생각은 유연해진다. 이 멀고, 낯선 땅에서 나를 건강하게 지켜주는 나만의 방식이 된 요가.

20년의 세월 동안 성실한 동반자가 되어준 요가가 참 고맙다. 때로 꾸준함에서 멀어진 적도 있었지만, 지금처럼 요가가 든든한 친구로 느껴진 적이 없다. 나이가 더 들어도 요가와 함께하는 한, 나의 삶은 언제까지나 아름답고 건강하리라 믿는다.

어바웃 웨딩

하얀 웨딩드레스를 입었던 그날의 신부는 결코 아름답지 않았다. 만약 시간을 되돌려 다시 하고 싶은 순간을 고르라면, 나는 주저 없이 내 결혼식을 택할 것이다. 때와 장소, 날씨, 하객, 그리고 신부 화장과 드레스까지… 어느 것 하나 마음에 드는 것이 없었다. 전날 잠을 설친 탓에 얼굴은 푸석거렸고, 공들여야 할 화장은 겉돌았다. 미용실은 그날따라 유난히 붐벼 헤어와 메이크업도 만족스럽지 않았다. 하지만 가장 큰 문제는 내 마음이 우울했다는 사실이다. 여느 신부들처럼 오래전부터 결혼식에 대한 로망이 있었지만, 정작 현실에선 무엇 하나 이루어지지 않았다. 곧 남편이 될 남자친구와 전날 늦게까지 전화로 크게 다투었고, 친정과 시댁에 관한 현실적인 문제들까지 겹쳐 내 마음은 복잡한 실타래 같았다. 상대에 대한 믿음이 없었던 건 아니었다. 하지만 결코 가벼운 마음이 아니었기에 그날의 비장함과 불안은 표정으로 고스란히 드러났다. 결국 나는 울음을 터뜨리고 말았다. 평소 그려왔던 신부의 모습과는 너무나 거리가 멀었다.

스무 살 무렵, 결혼을 꿈꾸는 한 여인의 성장기를 다룬 호주 영화를 보았다. 주인공의 결혼식 장면이 너무 좋아 보고 또 보았던 영화다. 신부의 얼굴을 가득 채웠던 행복의 미소. '웨딩드레스를 입고 결혼을 하면 저토록 행복해지는 걸까?' 하는 막연한 기대를 품으며 나도 언젠가 저렇게 사랑스러운 신부가 되고 싶다는 꿈을 꿨다.

하지만 정작 나의 결혼식 날, 나는 그 소망들을 깡그리 잊어버렸다. 현실의 테두리에 갇혀 잔뜩 경직된, 얼음장 같은 모습으로 면

사포를 쓰고 서 있을 뿐이었다. 그토록 좋아하는 사람과 약속한 새 출발의 자리였음에도 나의 모습은 행복한 신부와는 거리가 멀었다. 나의 눈물은 예고편이었을까, 결혼 생활은 결코 순탄치 않았다. 결혼이란 모든 과정이 적나라하게 파헤쳐지는 다큐멘터리 같았다. 로맨스 드라마는 존재하지 않았다. '사랑과 전쟁' 같은 리얼 스토리만이 이어지는 나날 속에서 나는 '결혼은 사랑의 무덤'이라는 냉정한 논리에 고개를 끄덕일 수밖에 없었다.

결혼한 지 10년쯤 되었을 무렵, 또 하나의 인생 영화를 만났다. 시간을 되돌릴 수 있는 능력을 가진 한 남자의 사랑 이야기를 다룬 작품이었다. 홀로 극장에서 영화를 보고 온 날, 나는 가슴이 두근거렸다. 순백이 아닌 강렬한 빨간색 웨딩드레스를 입고 우아하게 입장하는 신부의 모습, 폭풍우 속에서 피로연이 엉망이 되었는데도 모두가 환하게 웃으며 그 순간을 즐기던 장면은 새로운 충격이었다. 떠올리기 싫은 나의 결혼식이 겹쳐졌다. 그날의 나는 왜 자유로울 수 없었을까, 영화 속 주인공처럼 시간 여행의 마법이 주어진다면 나는 그날을 되돌리고 싶었다. 모든 것을 처음부터 다시 계획하고 아름답게 연출하는 상상을 했다. 같은 영화를 두 번 이상 보는 일이 드문 나였지만, 결혼식 장면이 하이라이트인 이 영화 또한 거듭 보았다. 나는 결혼에 관한 다른 의미를 찾고 싶었다.

시간이라는 화두가 주는 무게는 실로 광대하다. 누구나 한 번쯤 상상해 보는 시간 여행. 그 여행의 내용을 채우는 것은 결국 각자의 선택이리라. 스크린 속 주인공은 마법 같은 행운을 온통 '사랑 찾기'에 써 버린다. 그에게 가치 있는 것은 돈도 명예도 아닌, 사랑하는 사람과 함께하는 순간이었다. 하루를 두 번, 세 번 거듭한다 해도 소중한 이들과 함께하는 행복의 본질은 변하지 않는다. 그에게 삶과 결혼이란 매일매일 정성을 다해 그려가는 그림이었다. 그는 이제 시간 여행을 그만두고, 현재에 최선을 다하겠다는 다짐을 한다. 인생의 진정한 의미는 시간을 되돌려 그 순간을 완벽하게 만드는 것이 아니라 부족한 채로 흘러가는 시간을 있는 그대로 받아들이는 데 있음을 깨달았기 때문이다.

흘러간 시간을 곱씹으며 다시 인생의 퍼즐을 맞춘다 해도, 내가 속한 이 자리와 내 옆에 있는 누군가는 바뀌지 않을 것이다. 인연이란 그런 것이며, 그로 인해 생성된 모든 가치도 우리와 같이 호흡할 것이기에.

결혼이라는 사랑의 굴레 안에서 일상이 지긋지긋해지고 서로를 향한 마음이 돌처럼 굳어갈 때가 왜 없겠는가. 그럼에도 시간은 변함없이, 때론 속절없이 흘러간다. 그러나 다가서서 들여다보는 자에겐 잠시 잠깐 그 소중한 모습을 내어주기도 한다. 오래전 나의 결혼식은 아쉬움뿐이었지만, 그 시간 속의 가치는 남았다.

비바람이 몰아치는 풍경 속에서도 "지금 이 순간이 완벽하다."고 외쳤던 여주인공처럼, 나도 내가 서 있는 바로 이 자리를 온 마음을 다하여 받아들이고 싶다.

모든 순간이 그대로 완벽했다.

순례의 길

숨어 버리고 싶을 만큼 나에게 주어진 일들이 힘겨울 때, 모든 걸 내려놓고 훌쩍 떠나버리고 싶을 때, 당신은 어떤 선택을 하는가. 아주 간혹 마음이 시키는 대로 내버려 두기도 하지만 그런 일은 자주 일어나지 않는다. 우리는 계속 걷는다. 괴롭고 힘들어도 가야 하는 길. 작게는 매일 반복되는 집안일부터 인생에서 때때로 만나게 되는 큰 시련들까지. 우리는 책임이라는 봇짐을 짊어지고, 끝이 보이지 않는 저 너머의 길을 향해 쉼 없이 걷는다. 삶이라는 건 여정이고, 그 길 위의 나그네는 우리 자신이므로.

삶의 행로가 팍팍하고 지리멸렬하게 느껴질 때, 나는 한 번씩 오래전 그녀들의 순례 놀이를 떠올려 본다. 소설 '작은 아씨들'의 네 자매. 메그, 조, 베쓰, 에이미를 기억하시는지? 어린 시절 우리는 한 번쯤 소설 속 그녀들에게 자신을 빗대 상상의 나래를 펼쳐 본 경험이 있다. 많은 이들이 동의하듯, 나 또한 '조'에게 끌렸다. 둘째에 책을 좋아하고, 고양이를 사랑하고, 톰보이 기질이 다분한 것 같지만, 내면에는 여성성이 가득한 것이 나와 닮은꼴이라고 느꼈다. 어린 나는 그 친밀함에 이끌려 그녀의 말과 행동을 흉내 내며 그 세계에 푹 빠져 지내기도 했다.

그러나 어릴 적 나를 매료시켰던 네 자매 이야기는 오랜 시간을 통과하며 전혀 다른 색채로 다가왔다. 소설의 도입부를 장식하는 '순례 놀이'는 이제 단순한 유희가 아닌 삶의 본질을 꿰뚫는 묵직한 화두가 되어 내게 말을 건넸다. 그것은 삶이라는 거친 길을 어떻게 걸을 것인가에 대한 엄숙하고 다정한 철학의 시작이었다.

"나이를 먹었다고 해서 못할 건 없단다. 우리는 언제나 어떤 식으로든 이 놀이를 하면서 살고 있으니까. 우리의 짐은 바로 여기 있고, 우리의 길은 앞에 놓여 있으며, 선함과 행복에 대한 바람은 길잡이가 되어 우리를 어려움과 실수를 지나 평화로운 곳으로 데려가 주거든. 평화로운 곳이 진정한 '천상의 도시'지. 자, 나의 어린 순례자들아, 너희는 장난이 아니라 진심으로 다시 시작하면 된단다. 아버지가 집에 돌아오시기 전까지 너희가 어디까지 갈 수 있는지 보는 거야."

네 자매의 어머니 마치 부인은 일생 동안 순례 놀이를 멈추지 말아야 하는 이유를 딸들에게 설명한다. 아버지의 부재와 선물 없는 가난이 겹친 크리스마스지만 우리보다 힘든 이웃을 돕고, 자기의 의무를 성실히 이행하는 것이야말로 순례자로서의 옳은 행동임을 알려준다.

소설 속 순례 놀이의 원형은 기독교의 고전 '천로역정'이란 책과 맞닿아 있다. 주인공 크리스천은 멸망의 도시를 떠나 천성으로 가는 동안 온갖 시련을 만나며 순례자로서의 경험과 자격을 갖추어

간다, 우리의 삶 또한 매 순간 고비를 통과하며 저마다의 여정을 완성해 간다. 결국 '작은 아씨들' 속 자매들의 순례 놀이도, 우리가 한평생 지고 가는 삶의 무게들도, 우리는 이 땅 위의 순례자임을 증명한다. 순례자란 목적지에 도달한 사람이 아니라, 길 위에 서 있는 사람이니까.

일상의 무게가 나를 짓누를 때마다, 나는 내 등 뒤의 보이지 않는 짐을 고쳐 매며 스스로에게 다짐한다. 나는 순례 놀이를 하고 있고, 이 순례의 길을 느리지만, 꾸준히 걸었을 때 정직한 보상이 기다리고 있다고. 길 끝에서 마침내 우리가 보게 될 것은 거창한 성취가 아닐지 모른다. 대신 삶을 선물이라 여기며 묵묵히 걸어온, 그리하여 마침내 평온에 도달한 자기 자신의 기쁜 얼굴이 아닐까.

미니멀 욕망

한때 거셌던 미니멀 열풍이 한풀 꺾인 듯하다. 미니멀리즘에 열광했던 이들은 각자의 자리로 돌아갔다. 누군가는 완전한 미니멀리스트가 되었고, 나 같은 대다수의 '따라쟁이'들은 여전히 그 언저리 어디쯤 머물러 있다. 맥시멀리스트까지는 아니어도 꽤 많은 것을 소유했던 나는, 미니멀리즘이 트렌드가 되었을 무렵 기꺼이 그 흐름에 동참했다.

당연한 수순으로 미니멀 관련 카페에 가입했고, 매일같이 물건을 비워내는 일에 열광했다. 회원들이 올린 '비포 앤 애프터' 사진을 보며 대리 만족을 느꼈고, 비우는 것만이 내 인생을 바꿔주리라 믿었다. 경쟁하듯 버리는 일에 열정을 쏟았다. '오늘은 또 무엇을 버릴까?' 설레는 마음으로 박스 안에 온갖 것들을 던져 넣었다. 말끔하게 비워진 공간을 보면 아드레날린이 솟구쳤고, 몸과 마음이 새털처럼 가벼워지는 기분이었다. 경험해 본 사람은 알 것이다. 이것이 얼마나 중독적인 취미가 되는지를.

당시 나는 일본의 정리 전문가가 쓴 미니멀 라이프의 필독서를 절대적인 진리로 받아들였다, 소유한 물건에 설렘과 확신이 없으면 과감히 처분했다. 하루 동안 버린 옷과 가방, 온갖 잡동사니의 무게를 재보니 100kg이 훌쩍 넘었다. 책은 포함하지도 않았는데 말이다. 그렇게 정리한 물건들을 팔아 손에 쥔 돈은 고작 삼만 몇천 원. 원가를 따지는 건 무의미했다. 적은 금액이라도 비워내는 행위 자체에 의미를 두었기에, 오히려 뿌듯해하며 나 자신을 대견해 했다. 이러다간 드라마 제목처럼 '우리 집엔 아무것도 없어' 현상이 벌어질 판이었다. 원래부터 미니멀 유전자를 가졌던 남편조차 나의 중독 증상을 우려하기 시작했다. 이러다가는 남편마저 버리겠다며 나를 말렸다.

무엇이 나를 그토록 비우는 일에 집착하게 했을까, 당시의 상황을 떠올려 보면 조금은 납득이 간다. 친정아버지의 갑작스러운 죽음과 늦은 나이의 출산, 그로 인해 감당해야 했던 삶의 버거움. 하루하루 버티기 어려울 만큼 힘겨웠던 나날들 속에서 나는 무엇에라도 매달려야만 했다. 내 주변에 지저분하고 거슬리는 것들을 일단 치워야 했다. 나의 어지러운 마음은 고요함을 원하고 있었다. 물리적인 정리는 필수였다.

몇 달간 정리에 몰두한 결과, 집에는 공간과 여백이 생겼고 한동안 산뜻한 기분을 누렸다. 소소한 살림살이는 서랍 안으로 자취를 감췄고, 수납장에는 꼭 필요한 것들만 남았다. 마치 새집으로 이사한 듯 설레었다. 불필요한 것들을 걷어냈으니 이제 가치 있는 것에 집중하는 삶을 모색할 차례였다. 하지만 불행하게도 시간이 지날수록 의문이 들었다.

공간은 비워냈지만, 머릿속 수만 가지 생각은 여전히 가야 할 바를 몰랐다. 공간이 해결되면 정신적인 갈등도 자연스레 해소될 줄 알았다. 여백을 얻은 공간처럼, 나의 마음에도 숨 쉴 수 있는 바람길이 열릴 거라 생각했다. 하지만 아니었다. 본질을 왜곡한 채 그저 버리는 행위에만 집착했던 감정들은 결국 일시적인 도취였던 걸까, 거품처럼 물건들이 빠져나간 뒤 주변을 둘러보니 정말 아무것도 남은 게 없었다. 내가 아끼던 책들은 책장에서 사라졌고, 나를 표현해 주던 옷들도, 시간과 추억이 깃든 소중한 흔적들도 모두 사라져 버렸다.

물건을 처분하며 얻은 가짜 성취감에 중독되어, 정작 내가 지켜야 할 가치들을 몰라봤던 것이다. 미니멀 자체가 목적이 될 수는 없었다. 소유를 줄이는 결과에 집착하기보다, 그 과정 속에서 끊임없이 질문을 던졌어야 했다. 내 삶에서 진정 바라는 것이 무엇인지, 그것을 대하는 나의 태도는 어떠해야 하는지를 말이다.

텅 빈 공간 속에서 한동안 공허함이 지속되었다. 정말 아무것도 남지 않은 내 모습에 화가 나기도 했다. 하지만 시간이 흐르며 깨닫기 시작했다. 비워내야 할 것은 공간만이 아니었다. 정작 내가 정리해야 할 것들은, 나를 괴롭히는 해묵은 감정의 찌꺼기였다. 마음의 공간에 쌓여 있는 짐과 먼지들을 깨끗이 청소해야 했다. 오랜 시간이 필요했다. 텅 빈 마음의 바닥을 마주하고 나서야 나는 비움의 너머를 알았다.

이제 '설렘이 없으면 비워내라'라는 냉정한 슬로건 대신 설레는 것을 기꺼이 선택하고, 그것을 소중히 지켜가는 쪽을 택하고 싶다. 비워낸 공간은 새로운 시작들로 마땅히 채워져야 한다. 미니멀리즘이 지향하는 진정한 가치는 '선택과 집중'에 있기 때문이다.

미니멀 경험을 통해 깨끗한 공간을 유지하되, 그 안을 의미와 가치로 채워야 함을 안다. 나는 미니멀에 실패한 것이 아니다. 비우고 잃는 법, 그리고 소유와 지속에 관한 귀한 이정표를 얻었다. 이제 '미니멀 마인드셋'으로 마음의 질서를 장착하는 일, 그것이 내가 걸어갈 다음 여정이다.

책을 잃은 자의 슬픔과 기쁨

책을 잃었다. 이제는 서재라고 이름 붙일 만한 곳이 나의 집에 없다. 몇 년 전만 해도 빽빽이 들어찬 책장과 그것도 모자라 천장까지 책을 쌓아 올려야 하는 형편이었는데, 어찌 된 일일까. 책을 잃어버렸다는 것은 분명 그것들을 소중히 여겨 왔다는 뜻일게다. 그런데 이제 와서 책을 잃은 자의 슬픔을 운운하는 것은 대체 무슨 이유에서일까.

나는 책을 좋아했다. 책에 관한 애정과 욕심은 자연스레 방대한 구매로 이어졌다. 헌책과 새 책을 가리지 않고‘ 사 모은 권수가 상당했다. 한국 문학의 정수가 담긴 우리나라 작가들의 선집은 거의 다 책장에 꽂혀 있었고, 해마다 출간되는 두툼한 문학상 수상집도 수집 대상이었다. 유명 문예지의 창간호와 몇몇 작가들의 귀한 초판본, 그리고 중학교 때 백일장 부상으로 받은 지금은 구하기 힘든 판본의 마르셀 푸르스트 작 '잃어버린 시간을 찾아서' 전집도 있었다. 성인도 읽기 힘든 그 방대한 고전을 중학교 1학년생에게 상으로 주었다는 사실은 지금 생각해도 고개가 갸웃거려진다. 그러나 그 책들은 분명 내 책장의 가장 든든한 등대였다.

못내 아쉬운 건 오랜 시간 책장에 꽂혀 종이가 누렇게 변색될 때까지 책들을 끝내 완독하지 못했다는 사실이다. 하지만 그들은 읽히지 않았을 때조차 나의 책장에서 엄연한 존재감을 발휘하고 있었다. 그러나 현재 그 책들은 내 곁에 없다. 몇 년 전 나는 그것들을 직접 처분했다. 중고 서점에 제값을 받고 판 것도 아니었다. 삶의 무게를 감당하기 벅찼던 어느 날, 집 안의 자질구레한 살림살이들과 함께 책 하나하나의 가치를 따질 겨를도 없이 아이의 장난감

더미에 섞어 기부해 버렸다. 여러 번에 걸쳐 기부 차량을 부른 덕에 내 집 현관문에는 '기부천사의 집'이라는 조금은 낯부끄러운 날개 모양 스티커가 반짝하며 붙게 되었다.

살다 보면 가치관이 흔들릴 정도로 큰 변화를 맞이할 때가 있다. 대개는 물리적 환경을 확 바꿈으로써 심리적인 불안이나 내면의 문제를 해결해 보려는 처절한 몸부림이다.

그때 나는 눈을 어디에 두어야 할지 몰랐다. 눈길 닿는 곳마다 한숨이 서렸고, 손 닿는 곳마다 먼지가 푸석거렸다. 말끔히 비워야만 살 것 같았다. 규격이 안 맞거나 조금이라도 비뚤어진 것, 내 마음을 어지럽히는 것은 무엇이든 과감히 상자 속으로 던져 넣었다. 그렇게 정리한 물건들이 산더미를 이루고 기부 천사라는 명예를 얻기까지, 내 마음의 시야는 내내 뿌옇기만 했다.

그리고 시간이 흘러 변화가 찾아왔다. 주변을 가다듬으며 다시 나를 세우려 할 때, 비로소 깨달았다. 내 곁에 책이 없다는 사실을. 텅 빈 책장을 바라보며 가슴을 쓸어내리는 나 자신만이 남았을 뿐이다. '인생은 짧고 예술(책)은 영원하다' 라고 했던가. 그 말은 때로 가혹하게 들린다. 평생을 다해 읽고, 써도 결국 사라지고 부서지는 것은 유한한 인간의 육신이요, 남는 것은 종이 위 활자의 의미뿐이라니. 하지만 나는 이제 그리 생각하지 않으려 한다. 삶의 유한함과 책의 영속성을 굳이 구분 짓는 것이 무슨 의미가 있을까. 나의 부주의함과 연약함이 책을 잃게 했지만, 그 슬픔과 자각이 나를 다시 책 앞으로 불러세웠다. 책과의 이별은 고통스러웠으나 그 공백이 주는 갈증이 다시금 책을 사랑하게 만드는 동력이 되었다.

잃어버린 시간을 찾아서 떠났던 푸르스트처럼, 다시금 도스토예프스키와 제인 오스틴, 김훈을 만나러 가는 길은 설렌다. 이제 길의 모습은 하나가 아니라 여러 갈래일 것이다. 책을 잃고 나서야 나는 진정한 독자의 자세를 갖추게 됐다.

Queen of the house

어린 시절 우리 집은 이사를 자주 다녔다. 엄마의 기억으로는 스물네 번이었다고 했다. 그땐 전세 계약 기간이 6개월에서 1년 남짓이었고, 포장 이사도 없던 시절이었다. 가난했고, 지독히도 집주인 운이 없던 젊은 부모님과 어린 4남매는 매년 너덜너덜해진 박스를 풀고, 묶기를 반복했다. 당시의 나는 바뀌는 환경이 그저 즐겁기만 했는데, 부모님의 고단한 마음을 헤아리기엔 너무 어렸다.

오랜 고생 끝에 부모님은 변두리 마을에 작은 상가 건물을 지었고, 그곳 4층에 우리 가족의 첫 보금자리를 마련했다. 처음으로 내 방이 생겼다. 북향인 데다 알루미늄 샷시의 허술한 창문을 가진 방이라 겨울이면 입김이 호호 나오고, 동치미 항아리와 함께 지내야 할 만큼 추웠다. 그래도 좋았다. 나는 적은 용돈을 쪼개 방을 꾸미기 시작했다. 체크무늬 천을 사다가 커튼을 만들고, 타원형 거울 프레임에 금색 아크릴 물감을 칠해 낭만적인 분위기도 연출해 보았다. 공간을 가꾸는 일에 처음으로 눈을 뜬 순간이었다.

성인이 되어 독립한 후에도 방 꾸미기는 계속되었다. 버려진 가구를 주워다가 깨끗이 손질해 새것처럼 만들고, 좋아하는 영화 포스터를 벽에 걸었다. 사무실 책상이든 오래된 싱크대 앞이든, 나에게 허락된 공간이라면 어디든 나의 손길을 얹었다. 어디선가 읽은 글귀가 떠올랐다. '원시 시대부터 인간에게는 공간의 아름다움을 추구하는 본능이 있었다. 그곳이 비록 동굴 안 보금자리일지라도 정성스레 돌무더기를 쌓고 그 위에 꽃을 올려놓는 행위. 그것은 인간이라면 마땅히 지닌 자연스러운 욕망이다.'

결혼 후에 꼬박 열세 번을 이사 다녔다. 부모님의 횟수에는 못 미치지만, 평균보다는 한참 많았다. 지하 단칸방의 가난한 신혼살림으로 시작해 조금이라도 나은 환경을 만들기 위해 잦은 이사를 해야만 했다. 집주인 복이 없는 것도 같았다. 그러나 수많은 집을 전전하는 동안 내 마음은 고단함보다 설렘에 가까웠다.

이사가 결정되면 머릿속으로 새집의 모습을 그리느라 바빠졌다. '칙칙한 나무색 문은 화이트로 페인트칠하고, 오래된 형광등 대신 전구색의 모던한 조명을 달아볼까, 촌스러운 옥색 싱크대에는 노란색과 꽃무늬 시트지를 믹스해 컨트리 풍의 주방을 만들어야지. 밋밋한 식탁 상판에는 타일을 붙여 냄비 받침이 필요 없는 특별한 테이블을 만들어야겠다.' 밤마다 온라인 장바구니를 채우는 즐거움에 빠졌다. 나름의 원칙도 있었다. 모든 비용은 30만 원 안에서 해결할 것. 페인트 한두 통, 시트지 몇 롤, 저렴한 펜던트 조명 정도면 집의 분위기를 완전히 바꿀 수 있었다.

예산이 빠듯해 항상 낡은 집으로 이사를 다녔지만 상관없었다. 소위 '귀신 나오는 집'이라도 괜찮았다. 오히려 전과 후가 드라마틱하게 달라지는 과정이 흥미로웠다. 이사 후 2주간은 오롯이 '홈 드레싱'의 기간이 됐다. 하루 작업 범위를 정해 조금씩 손을 보다 보면, 집이 변해가는 모습이 눈에 보였다. 마침내 작업을 마치고 완전히 바뀐 공간을 둘러볼 땐, 스스로를 칭찬해 주고 싶을 만큼 보람이 있었다. 비싼 가구 하나 없어도, 공간에 대한 관심과 약간의 노력만 있다면 충분히 아늑한 공간을 만들 수 있었다.

열세 번째 이사에서 드디어 우리 집을 마련했다. 그간의 경험 덕에 실내건축 자격증까지 취득한 나는 야심 차게 인테리어를 시작했다. 이번엔 가벼운 홈 드레싱이 아닌 비용과 스케일이 큰 공사였다. 전 과정을 직접 지휘하려니 몸은 힘들었지만 내 집이기에 기꺼이 할 수 있었다. 그런데 이상하게도 이전만큼 흥이 나지 않았다. 누구의 눈치도 보지 않고 온전히 내 생각을 구현할 수 있음에도 말이다. 이유가 무엇일까 곰곰이 생각해 보았다.

환경을 가꾸는 것은 힘든 조건 속에서 더 빛이 나고, 제한된 범위 내에서 상상력을 발휘할 때 능률이 오른다. 그러니까 뭔가 결핍이 있는 상황에서, 더욱 창조적으로 즐겁게 일할 수 있는 것이다.

나는 그동안 수많은 집들을 거치며, 온갖 악조건 속에서 공간의 아름다움을 추구해 왔다. 척박한 땅을 농사할 만한 밭으로 개간하듯 집을 매만졌다. 어려운 현실 속에서도 모든 형편을 나아지게 만드는 동화 속 주인공처럼 말이다.

이쯤 되면 나를 우렁각시나 평강 공주라 불러도 좋을까, 허름한 초가를 온기로 채우고, 남루한 삶 속에서 아름다운 질서를 세운 그들. 그들은 결핍을 원망하는 대신 매일의 새로움을 만든 성실한 여인들이었다.

하지만 나는 그보다 당당한 '집의 여왕'이 되고 싶다. 각시나 공주가 아닌 여왕의 칭호를 원한다. 여왕이란 화려한 성을 물려받은 자가 아니라, 자신이 발 디딘 영토를 가장 아름다운 곳으로 일구어 낸 통치자를 일컫는 이름일 테니까.

옛날 어느 마을에 '집의 여왕'이 살았습니다. 그녀는 지금도 이곳에서 여왕으로 살며 쉼 없이 자신만의 공간을 가꾸고 있답니다.

아메리카노 뷰티

　내가 마시는 커피는 항상 같다. 무엇을 마실까, 고민할 필요가 없는 확고한 취향을 지녔다.

　"어떤 커피 드세요?"

　가끔씩 누군가와의 만남에서 커피의 기호를 밝힐 때, 나는 자신 있게 외친다.

　"아메리카노요."

　당연히 아무것도 첨가하지 않은 순수한 블랙이어야 한다. 진하면 진할수록 좋다. 우연히 상대방도 같은 커피 취향을 지녔다면,

호감도는 수직 상승한다. 커피 본연의 가치는 쓱쓸함에 있다고 한 결같이 믿는 나는, 진한 아메리카노를 마시는 사람에게 끌린다. 그냥 마시면 너무 쓰다면서 우유라도 넣어야 한다는 사람들은 편하게 라떼를 선택하면 된다. 하지만 아메리카노를 오랫동안 마셔본 사람은 안다. 그 쓱쓸함 속에는 의외의 달콤함이 숨어 있다는 것을.

크림과 시럽을 넣지 않아도 충분한 아메리카노, 아무것도 넣지 않아서 좋은 맛, 나에게 아메리카노는 단순한 음료 이상의 그 무엇이었다.

풍부한 향기를 지닌 진한 갈색 빛깔의 액체가 입속으로 스며들 때, 처음 느낌은 설렘이다. '오늘도 나의 커피를 사수했구나'하는 안도감과 깨끗한 머그에서 전해지는 따뜻한 온도에 미소가 절로 나온다.

커피를 반쯤 마셨을 때는 현실에 한 발짝 다가선 느낌이 든다. 식어가는 커피를 마시며 내가 마주한 것들을 하나씩 되짚어 보는데, 이상하게도 커피의 맛이 달라진다. 달콤했다가, 쓱쓸했다가 되도록 천천히 과정을 느껴본다. 어느덧 커피는 냉정하리만큼 차가워졌고, 나는 남은 커피를 단숨에 들이킨다. 그리고 자리에서 일어난다.

오래전에 블로그를 만들었다. '아메리카노 뷰티'라는 이름을 붙여줬다. 커피를 마시며 스치는 많은 생각들과 세상을 아름답게 살아가고 싶은 나의 바람을 기록해 왔다. 매일 마시는 한 잔의 아메리카노에서 의미를 찾고, 확장하고, 삶과 연결 짓고 싶었다. 그리고 시간이 지날수록 깨닫는다. 아메리카노는 나와 놀랄 만큼 닮아있다는 걸. 아무것도 섞지 않아도 충분한 아메리카노, 하지만 장소와 사람에 따라 그 위에 크림도 올리고, 시럽도 넣고, 때로는 진한 계피가루도 뿌리면서 유연하게 변신한다.

나는 아메리카노 같은 사람이 되고 싶다. 나 자신을 한결같이 지키면서도 조화롭게 살아가는 삶의 기술을 매일 익히고 싶다.

2부 관계의 온도

엄마의 기도

이른 새벽 곤히 잠든 자식의 얼굴을 바라보면 가슴 속에서 충만한 기쁨이 차오른다. 사랑스러움에 입을 맞추고, 행복한 손길로, 고말갛고 동그란 얼굴을 어루만진다. 그러다가 가슴 한 켠이 무너져 온다. 이토록 소중한 아이와 언젠가 이별해야 할 때가 온다니, 눈시울이 뜨거워진다. 슬픔에 빠지지 않기 위해 자세를 고쳐 앉는다.

나는 곧 무릎을 꿇었다. 그리고 신께 기도했다. 내 아이를 지켜 달라고, 오래도록 아이와 함께 있게 해 달라고… .

생각해 보면, 세상의 모든 어머니들은 이 기도를 올리지 않았을까.

달이 뜬 밤 정화수 앞에서 두 손을 모은 옛 어머니의 하얀 그림자, 예배당 중앙의 십자가를 바라보며 기도를 읊조리는 어머니의 간절한 뒷모습. 이렇게 자식의 안전과 행복을 기원하는 어머니의 마음은 당연히 기도로 승화된다.

지금 내가 이렇게 멀쩡히 살아서 숨 쉬고 있는 건, 모두 지난날 어머니의 기도 덕분인지 모르겠다. 자식을 바라보는 어머니의 눈길, 두 손 모아 기도하는 어머니의 마음.

언젠가부터 성당에 한 번씩 들르게 되었다. 아직 어린 둘째가 성당의 종탑에 걸린 다양한 종을 보고 싶어 해서 시작된 일이다.

예배당 안까지 들어가지 않아도 성당 뜰에는 기도하는 제단과 성모상, 봉헌을 위해 켜는 촛불이 있어 경건한 분위기를 가지기에 충분했다.

나의 종교가 천주교는 아니지만, 성모상 앞에 서면 한참 동안 고개를 숙이게 된다. 인상적인 것은 찾아간 성당마다 성모상의 모습과 분위기가 조금씩 달랐는데, 온화한 표정의 성모상이 있는가 하면, 결연한 의지를 품은 듯 강인한 인상의 성모상도 있었다. 그 형상들을 바라보노라면 '신이 모두에게 함께할 수 없어 엄마를 창조했다.'라는 말이 떠오른다. 신이 엄마라는 존재를 통해 인류를 포용하고, 이 세상의 어머니들은 자녀를 위해 쉬지 않고 기도한다. 바로 신과 어머니가 합일되는 순간이다. 이것은 모든 만물을 초월한 사랑과 위대함이다.

두 손을 모으고 고개를 숙이는 짧은 순간, 세상의 소란함에서 잠시 멀어진다. 촛불의 일렁임처럼 마음속 번잡함이 타오르다 이내 잠잠해짐을 느낀다. 기도는 마음과 정성을 쏟는 것이다, 또 그 바람 뒤에는 쉼 없는 어머니의 헌신과 노력이 있다. 작고 귀여운 어린 것을 보면 깨물어 주고 싶을 만큼 사랑이 샘솟지만, 마음 한 켠은 늘 먹먹함이 맴돈다. 모든 종교와 사상을 초월하여 두 손을 모으고, 자녀를 향한 사랑의 마음을 발산하는 행위.

기도하는 자는 망하지 않는다는 성경 속 구절처럼, 어머니의 기
도는 방패가 되어 우리 아이들을 지켜낼 것이다.

우린 모두 천사였어

어느 날 둘째 아이가 헐레벌떡 내게 달려오며 말했다.

"엄마, 나 이제 생각이 났어요."

아들의 눈동자는 기쁨에 차 있었다.

"저는 하얀 옷을 입었고, 등에 조그만 날개가 달려 있었어요. 주변엔 환한 빛이 계속 비추고 있었고요."

나는 아이를 꼭 안아 주었다.

"정말로 기억을 해냈구나. 엄마는 너무 기뻐."

그 순간, 모든 것이 진실로 여겨졌다.

‘내 아이는 진짜로 기억을 해낸 것인지 몰라.’

“엄마, 저는 어떻게 엄마, 아빠 아들로 태어나게 됐어요?”

아이들은 한 번씩 궁금해한다. 큰아이도 그랬고, 작은 아이도 같은 질문을 한다. 나는 아이들에게 이렇게 얘기해 주었다.

“엄마와 아빠는 하나님께 날마다 기도를 했어. 하늘에 사는 예쁜 아기 천사를 보내 달라고 말이야. 하나님은 천국에 사는 어린 천사 중에, 가장 멋지고 늠름한 천사를 우리 가족에게 선물로 주셨단다. 다만 하늘에 있었던 기억은 잠시 지우셨어, 엄마 아빠랑 행복하게 살고 있다가, 하늘 생활이 그리워 다시 돌아가면 안 되니까. 아주 나중에 하늘로 다시 돌아갈 때, 그때 다시 기억나게 하신데.”

아이의 눈동자에 눈물이 차올랐다. 말하고 있는 나의 뺨에도 눈물이 주르륵 흘렀다.

‘왜 이야기를 할 때마다 눈물이 날까? 오래전 큰아이 때도 그랬었는데.’

나는 아이들에게 이 출생의 비밀을 말할 때, 확신이 있었다. 천사 같은 아기를 보내달라 기도했고, 그 응답이 우리 아이들이었으므로. 그래서 나는 이 스토리에 진심을 담아 말할 수 있었고, 두 아이 모두 눈물을 보이며 자기가 하늘의 천사 출신이라는 것을 믿어 의심치 않았다. 이윽고 아이는 나를 안심시키듯 속삭였다.

"엄마, 걱정 마세요. 하늘에 있을 때가 아주 조금 생각난 것뿐이에요, 나는 돌아가지 않고 엄마 아빠랑 계속 살 거예요."

이야기에 너무 몰입한 나머지 아이가 상상으로 만든 기억인지, 정말로 존재했던 기억인지 나조차 분간하기 어려운 지경이 되었지만, 아이의 진심 어린 말과 행동은 나를 다시 한번 감동시켰다. 그리고 진지하게 믿어본다. 우리 모두는 정말 천사 출신이었을지도 모른다고.

나름의 근거도 있다. 아기 사진을 넣는 액자 프레임에는 왜 꼭 아기 천사가 양각으로 새겨져 있을까. 또 하나, 아주 오래전 나는 한동안 그림 연습에 매진한 적이 있었다. 그때 내가 매일같이 그렸던 대상이 바로 천사였다. 왜 하필 천사였는지 이유는 알 수 없다. 그저 떠오르는 이미지가 그것이었고, 잘 그리고 싶었다. 몸은 그런 대로 그리겠는데 늘 날개 부분에서 막혔다. 날개의 감각을 살려 그리는 것이 무척 힘들었다. 억지 주장이라 해도 좋다. '선녀와 나무꾼' 이야기에서 날개옷을 숨겨 선녀를 지상에 머물게 했던 것도, 어쩌면 우리의 근원이 본래 이 땅이 아니었음을 방증하는 게 아닐까.

나는 믿고 싶다. 아이들에게 들려준 하늘 이야기는 진실이었다고. 아이가 기억을 해냈듯 나 또한 어렴풋이 남아 있던 하늘 기억의 조각을 꺼내어 들려준 것이라고.

다시 한번 스케치북을 펼쳐봐야겠다. 천사의 날개를 표현하는 일이 여전히 서툴고 어렵겠지만 정성껏 연습하다 보면 조금씩 나아질 것이다. 그렇게 완성된 천사의 모습을 아이들에게 보여주며 말하고 싶다.

"이 빛나는 천사가 바로 너였다고."

리본 풀르듯이 화 풀러요

아이가 어렸을 때는 내 시간을 갖기가 참 쉽지 않았다. 아이들이 잠든 후에야 겨우 찾아오는 자유는 고단했던 하루를 보상받는 유일하고도 달콤한 통로였다. 온라인 쇼핑을 하거나 책을 읽고, 맥주 한 잔에 영화 한 편을 곁들이는 온전한 나만의 시간. 하지만 나의 아이들은 유독 잠이 없어서 밤마다 나를 애태우곤 했다.

큰아들이 네 살 때였던가. 그 당시 즐겨보던 드라마 본방 시간이 밤 10시였다. 나는 일찌감치 8시 반부터 아이의 잠자리 의식을 시작했다. 아이가 좋아하는 책을 몇 권 읽어주고 불을 껐다. 그러고는 엉덩이를 토닥토닥. 어서 아이를 재우고 나만의 시간을 만끽하고 싶어 마음이 급해졌다.

곁에 누워 아이가 잠들기만을 기다렸다. 하지만 아이는 잠들기는커녕 오히려 의식이 점점 명료해지더니 급기야 이부자리에서 벌떡 일어나는 것이 아닌가, 오늘은 낮잠도 자지 않았고 신체 활동도 충분했는데 아이는 왜 잠을 안 자는 것일까, 도무지 이해할 수 없었다. 곧 방영될 드라마의 흥미진진한 예고편이 머릿속을 스쳐 지나갔다. 순간 화가 치민 나는 아이의 엉덩이를 찰싹 때리고 말았다.

"잠들어, 얼른 잠들란 말이야!"

느닷없이 엉덩이를 맞은 아이는 울먹이며 이내 이렇게 말했다.

"엄마, 자세히 들여다봤는데, 내 안에 잠이 안 들어 있어요."

아이의 천진한 표현에 순간 웃음이 터져 나왔다. '그깟 드라마가 뭐라고….' 아이를 때린 나 자신이 한심하게 느껴졌고, 곧장 미안함이 밀려왔다.

“그래, 잠이 안 들어 있었구나. 그래도 다시 한번 가만히 들여다 보렴.”

나는 웃음 반, 미안함 반으로 아이의 가슴을 토닥이며 다시 잠들기를 기다렸다. 어느덧 시계는 10시 반을 훌쩍 넘겼다. ‘드라마는 끝났겠네, 재방송으로 봐야지.’ 생각하며 내가 먼저 스르르 잠이 들려던 찰나, 아이가 내 귀에 대고 속삭였다.

“엄마, 리본 풀르듯이 화 풀러요.”

아직은 아기였던 큰아들, 말문이 늦게 터져서 걱정을 했고 이제 말을 시작한 지 얼마 되지도 않았는데 어떻게 이런 표현을 생각해 냈을까, 눈물이 왈칵 쏟아졌다. 기쁨과 대견함, 그리고 깊은 미안함이 뒤섞인 눈물이었다. 어떻게든 엄마의 화를 가라앉혀주고 싶어서고 작은 머릿속에서 길어 올린 아름다운 말. 리본 풀르듯이 화 풀러요.

“엄마 리본은 이제 다 풀렸어. 고마워, 사랑해 아들…”

나는 치밀어 오르는 감동을 느끼며 아이를 꼭 껴안아 주었다.

아이를 키운다는 건 나의 즐거움과 취향을 잠시 내려놓아야 하는 인내의 연속이다. 때로는 육아의 일상이 버거울 때도 있지만, 우리는 아이의 천진한 위로를 먹고 다시 일어선다. 아이만 자라는 것이 아니라 엄마와 아빠도 함께 성장하는 것이다. 그날 이후 마음의 화가 마구 엉켜 있다고 느낄 때마다 나는 아이의 말을 떠올렸다.

'그래, 리본 풀 듯이 풀면 안 풀릴 건 하나도 없어, 하나씩 차분하게 풀어보자.'

이제 열아홉 살이 된 큰아들에게 리본 얘기를 하니, 아이는 빙그레 웃는다.

인연과 방문객

인연이란 단어에는 향내가 풍긴다. 누군가를 만난다는 건 그 존재를 깊이 들이마시는 것과 같다. 오래 남는 향기처럼 누군가의 자리와 흔적도 한동안 머무른다. 사람의 기억 중에서 가장 오래 남는 것은 후각이라고 한다. 실제 어떤 향을 맡았을 때 곧장 기억이 소환되며 그 사람의 얼굴이 떠오르는 것, 그는 분명 인연이었던 것이다.

살아오면서 많은 사람을 만났다. 그 숫자를 헤아려 본 적은 없다. 수많은 인연 중 여전히 내 삶 속에 자리한 사람들과 떠난 누군가에 대한 생각을 한다.

인연의 처음은 가볍게 시작된다. 가벼운 눈인사로 서로의 존재를 확인하고, 날씨처럼 가벼운 정보들을 주고받으며, 가끔 짤막한 질문들을 던진다. 그러다 우연히 공통의 관심사를 발견하면 이야기는 길어지고, 마주 앉아 차를 한 잔 마신다. 한참 담소를 나누는 동안 한 모금씩 마시던 커피는 어느덧 바닥이 보인다. 빈 컵을 홀짝거리는 게 무안해져 물을 따라 마시기도 한다. 만남 후에는 상대방의 모습과 목소리가 잔영으로 남고, 서로의 질문과 대답들이 계속 뇌리에 남아 있다. 그리고 그 중, 유의미한 내용들을 곱씹어 보게 된다. 한동안은 그 사람의 이미지가 자주 떠오르며 앞으로 있을 만남에 대한 준비와 기대를 한다. 신기한 것은 일면식도 없었던 한 사람이 어느 순간부터 나의 의식을 점령하고, 영향력을 행사한다는 것이다. 꿈에 나타나기까지 얼마 걸리지도 않는다. 이처럼 새로운 만남은 한 개인의 삶에 큰 변화를 주고, 그것은 곧 삶의 패턴이 된다. 셀 수 없는 패턴의 반복은 그저 스쳐 지나는 사람이 되기도 하고, 평생의 인연으로 남기도 한다.

지금까지 내가 만난 수없이 많은 사람, 그들의 이름을 모두 기억할 필요는 없다. 한때는 특별한 인연이라 생각했던 누군가도, 가끔은 망각의 도움을 받아야 하는 아주 끔찍한 인연도 있었으니까. 그 상처가 두려워 모든 만남의 가능성을 차단했던 적이 있다. 그러나 얼마쯤 시간이 흐르면, 다시 새로운 누군가를 고대한다. 관계 속에서 존재의 의미를 찾는 우리들은 우려와 설렘이 뒤섞인 마음으로 또다시 문을 열어둔다.

사람을 만난다는 건 결코 작은 일이 아니다. 그것은 단순히 한 개인의 등장이 아니라, 그가 지나온 수많은 세월과 그 안에 쌓인 기억, 그리고 그가 꿈꾸는 미래까지 한 사람의 일생 전체가 고스란히 옮겨오는 일이기 때문이다. 그러니 우리는 마땅히 그 만남에 최선을 다해야 한다. 하지만 문득 떠오르는 기억 속 한 장면에서 나는 자꾸만 실수를 한다. 상대방의 아픈 곳을 무심코 건드리고는 궁색한 변명을 한다. 그들의 표정이 일그러진다. 나는 바보처럼 멀뚱히 바라만 보고 있다가 결국 뒷모습을 보고야 만다. 심장이 아프다는 것이 이런 느낌일까? 나는 그들에게 어떤 사람이었을까, 실수도 반복하면 고의로 의심된다. 좋은 사람이 되고 싶었고, 착한 모양을 따라도 해 보았지만, 여전히 부족했나 보다. 내 깊숙한 곳에 숨은 이기심은 결국 소중한 이들에게 상처를 줬다. 그저 '시절 인연'이었다는 말로 모든 이별을 정당화하기엔 나의 부족함이 너무 컸다.

타인의 마음이란 얼마나 부서지기 쉬운 것인가. 그 약하고 귀한 마음이 내게로 올 때, 나는 어떤 태도로 그를 맞아야 하는가. 바람이 나뭇잎 사이를 조심스레 훑고 지나가듯 나 또한 타인의 마음 갈피를 그토록 섬세하게 어루만질 수 있다면, 그 바람의 결을 조금이라도 닮을 수 있다면….

내게 올 인연 그 방문객을 바람의 마음으로 맞고 싶다. 감히 그 마음 전부를 따라가지 못하더라도, 흉내라도 낼 수 있는 내가 되고 싶다. 선선한 바람이 우리 옆을 스쳐 갈 때, 서로의 진실한 눈을 바라보며 오래도록 담소 나누는 풍경을 머릿속에 그려본다.

손이 따뜻한 사람

90년대 초 내가 고등학생이었던 시절의 겨울은 유난히 추웠다. 당시 학교에선 조개탄이나 땔감을 사용하는 난로를 썼고, 혹한의 추위가 아닌 이상 좀처럼 불을 지피지 않았다. 지금으로선 상상조차 할 수 없는 일이지만 그땐 사정이 다 그랬다. 덕분에 학급 친구들은 온종일 꽁꽁 언 손과 발을 동동거리며 수업을 들어야 했다. 아이들은 혈기 왕성한 청춘이라 그렇다 쳐도, 영하의 교실에서 계속 수업을 해야 하는 선생님들은 얼마나 춥고 괴로웠을까, 모두가 추위를 온전히 몸으로 감당할 수밖에 없었던 암울한 시절이었다. 그러나 추억은 존재하고, 대부분은 아름다움의 모양으로 기억된다.

쉬는 시간이 되면 아이들은 곧장 내 자리로 찾아왔다. 그리고 자기들의 꽁꽁 언 손을 내 손 사이에 살포시 넣었다. 나는 그들의 차가운 손을 얼른 맞잡아 따뜻한 온기를 내어주려 애썼다.

나도 춥기는 매한가지였으나, 이상하게 손만큼은 항상 따뜻함이 유지됐다. 그래서 친한 몇 명의 친구들은 쉬는 시간 종이 치자마자 나에게로 달려와 그들의 손을 내미는 거였다. 우리는 손을 맞잡은 채 서로의 체온을 나누며 추위를 이겨내고, 더불어 우정도 쌓아갔다.

"손이 따뜻한 사람이 마음도 따뜻한 거래, 너는 마음도 참 따뜻해."

친구들은 내 손을 잡으며 말했다. 그 말을 들을 때마다 행복했다. 그들의 말처럼 손도, 마음도 따뜻한 사람이 되고 싶었다.

　손이 부드럽고 따뜻한 사람을 만났다. 그때 나는 손의 감각이 그렇게나 예민한 것을 처음 알았다. 그 사람의 손을 잡는 순간 내 전신 세포들의 감각이 깨어나고, 서로의 체온이 손을 통해 전해질 때, 상대의 마음까지 온전히 느낄 수 있음을 깨달았다. 이토록 따뜻한 손을 가진 사람과 함께라면 무엇이든 할 수 있을 것 같았다. 하지만 그건 잠시의 꿈에 불과했다.

　그의 마음은 돌연 차갑게 식었고 나를 떠났다. 그 냉정함은 얼음보다 차디찼다. '손이 따뜻한 사람이 마음도 따뜻하더라.'라는 말은 내게 더 이상 통용되지 않았다.

　그리고 또다시 누군가를 만났다.

　"와, 네 손은 엄청 따뜻하네. 손이 따뜻한 사람은 반대로 마음이 차갑다고 하던데, 봐! 내 손은 차갑아. 그 얘긴 나는 마음이 굉장히 따뜻한 사람이라는 거야, 특히 너에겐…."

　그의 손은 유난히 차갑고 끈적였다. 그는 내 손 잡기를 좋아했는데, 나는 그 손을 잡을 때마다 그만 손을 빼고 싶을 만큼 불편했다.

손의 온기와 마음의 상관관계를 어디까지 믿어야 할까, 그의 말처럼 나는 시종일관 차가웠고, 결국 그에게 이별을 고했다. 나는 이제 손의 온도는 어디까지나 혈액 순환과 관련된 거고, 마음과는 별개라는 쪽을 믿기로 했다. 우연히 누군가와 손을 잡는 일이 생기더라도 그 손이 차던, 따뜻하던 아무 상관이 없었다.

'대체 손의 온도를 왜 마음과 관련짓는 것인지, 사람들은 참 쓸데없는 것에 의미를 부여하는구나. 예전의 나처럼….'

오랜 시간이 지난 어느 날, 연락이 왔다. 손이 따뜻한 사람에게서였다. 차가운 마음만 남기고 떠난 그는 나의 마음도 꽝꽝 얼려놓았었다.

그는 나의 손을 다시 잡고 싶다고 했다. 고민할 필요도 없이 난 그의 손을 맞잡았다. 따뜻하고, 부드러운 손. 그 손에 나의 손을 포개는 순간 얼었던 감정과 시간들이 사르르 녹아내리는 기분이었다. 잊어버렸던 손의 감각들이 되살아나며, 다시금 마음의 전구에 불이 반짝하고 들어왔다. 나는 그 손을 잊지 못했었나 보다.

손이 따뜻한 그 사람과 이제 체온과 마음뿐 아니라, 모든 것을 함께 나누는 사이로 살고 있다. 손의 온도와 마음의 상관관계에 대해선 아직도 답을 하지 못하겠다. 우리는 여전히 서로에게 상처를 주기도 하고, 위로도 하며 살고 있으니까. 하나 분명한 건 현저히 줄긴 했지만 어쩌다 그의 손을 잡을 때, 내 마음은 한껏 위로를 받는다. 그 부드러운 포근함에 나의 걱정과 염려가 줄어들고, 삶의 추위를 잠시나마 잊을 만큼 따뜻함이 나를 감싸주기 때문이다.

손이 따뜻한 사람이 좋다.

시크 소로우

철학 서적을 가볍게 넘기다가 문득 낯선 단어 하나에 시선이 멈췄다. 'seeksorrow'. 단어의 조합은 생경했지만, 가슴에 꽂혔다. 'seek(찾다)'와 'sorrow(슬픔)'의 합성어. 직역하자면 슬픔을 찾고 추구하는 자다. 위키피디아는 이들을 자신에게 해를 끼치는 행위를 하며 스스로를 괴롭히기에 애쓰는 '자기 고문자' 혹은 '마조히스트'라고 정의한다. 책은 매우 못마땅해하며 이런 유형의 인간을 조심하라고 경고했다. 하지만 문장을 읽어 내려갈수록 어쩐지 등 뒤가 서늘하다. 그 경고의 대상이 다름 아닌 나라는 것을 부정할 수 없다.

　나는 그동안 내 유전자에 각인된 우울질 때문이라고, 나의 슬픔을 정당화해 왔다. 하지만 정직하게 들여다보면 나는 그저 슬픈 감정을 즐기며 그곳에서 빠져나올 생각이 없었는지도 모른다. 이상하게도 우울은 평범한 일상보다 고상해 보이는 착각을 불러일으킨다. 나는 제대로 된 인식 없이 슬픔이란 감정의 단물을 착즙하며, 주변과 세상을 원망하는 것이 당연하다고 생각했다.

　치기 어린 청춘의 시절도 지나왔건만, 왜 우리는 이토록 슬픔을 갈구하는가.

　사람이 살아가면서 행복을 느끼는 순간은 찰나에 가깝다. 그러나 불행한 마음은 끈질기게 우리의 발목을 잡는다. 그래서 이 세상엔 의외로 많은 '시크소로우'들이 숨어 살고 있나 보다. 눈을 뜨고 사방을 둘러보면 나 같은 사람이 도처에 존재한다는 사실에 묘한 동질감을 느낀다. 한편 서글픔도 밀려온다. 책의 충고처럼 서로를 기피하며 살 순 없지 않은가, 우리는 모두 결핍 투성이인 애처로운 인간 군상일 뿐이다. 함께 살아가야 한다.

시크 소로우란 단어를 알게 된 이상, 예전처럼 자기 감정에 도취되어 슬픔의 무대를 즐길 필요는 없다.

그러나 힘든 세상을 살아가면서, 슬픔을 겪지 않기란 어려운 일이다. 다만 슬픔이 밀려올 때, 나를 잠시 멈춰 세워 보는 것이다. 무대 위의 배우가 아닌 관객의 입장이 되어서 말이다. 그리고 나를 바라본다.

내 인생의 주연은 나이므로, 오버액션을 경계해야 한다. 성숙한 배우는 감정을 과하게 드러내지 않는다. 절제된 호흡과 자연스러운 발성으로 연기하듯 슬픔을 맞으면 어떨까, 그저 담담하게 일상을 살아가는 태도 그대로.

슬픔은 분명 다시 찾아온다. 그러나 삶이 흔들리게 놓아둘 순 없다. 잠시 조명이 꺼진 무대 뒤에서 숨을 고르고, 정돈된 모습으로 다시 무대에 서는 배우처럼 나의 일상을 묵묵히 지켜낼 뿐이다. 그것이 내가 슬픔을 마주하는 가장 좋은 방식이다.

나이브하게

누군가로부터 '순진해 보인다'라는 말을 들을 때 기분이 썩 좋진 않다. 그건 세상 물정을 모르는 바보라는 뜻으로 들리기도 하고, 네가 만만해 보이니 적당히 무시하겠다는 엄포 같기도 하다. 어리숙한 사람을 에둘러 표현하는 말이 순진하다는 거고, 나는 지금까지 그 말을 자주 듣고 살았다. 사람들은 네가 착해서 그런 거라고 위로도 아닌 말을 덧붙였지만, 그 말을 들을 때마다 무척 자존심이 상했다. 어렸을 땐 그 말을 액면 그대로 믿었으므로 더 착한 사람이 되려고 노력했다. 하지만 시간이 지나며 점점 깨닫게 됐다. 착한 것은 별 쓸모가 없고, 오히려 사는 데 불편함만 줄 뿐이라고.

더 이상 착해질 필요가 없으니 내가 손해를 볼 일도, 누군가를 배려할 마음도 사라졌다. 한동안 그렇게 이기적인 마음으로 살았다. 사람들은 결코 나를 순진하게 보지 않았고, 나는 그저 전형적인 속물이 되어갔다. 그렇게 순진함을 비웃으며 나와는 아무 상관 없는 단어인 것처럼 행동했다.

그런데 언젠가부터 '순진하다'라는 말 대신 사람들은 '나이브'란 표현을 쓰기 시작했다. 순진함보다는 덜 직설적이고, 영어 특유의 부드러운 느낌도 있어서 일상의 대화에서부터, 언론에 이르기까지 아주 빈번하게 들을 수 있었다.

naive의 어원은 라틴어 nativus에서 시작됐다고 한다. 처음의 뜻은 자연스런, 천부적이라는 'native' 네이티브의 의미에 가까웠지만 점차 부정의 뜻으로 변했고, 오늘날 어떤 대상을 비난하거나 공격할 때 자주 사용된다.

“그들의 나이브함이 이 상황을 초래했다.”

“계속 그렇게 나이브하게 생각하고, 대처하면 다시 역습을 당할 것이다.”

재작년 12월 이후, 언론에서 가장 빈번하게 소환한 단어 중 하나가 바로 이 ‘나이브’다.

내가 바라보기에도 그들은 나이브하게 말하고, 행동했다. 하지만 온당히 따져 보자면, 그들은 상식 내에서 판단한 것이다. 하지만 보통의 상식이 통용되지 않는 기괴한 사회 구조 내에서, 그들의 공정함은 조롱과 비난의 대상이 될 뿐이었다. 나는 그들의 나이브함이 지긋지긋했다. 그러다 시간이 흐른 뒤 한 발짝 떨어져 되물어 보았다. ‘만약 그들이 우리였다면, 혹은 나였다면 어떠했을까.’

그리고 나이브함. 그 순진함이 갖는 의미를 처음부터 찬찬히 되짚어 보았다. 순진하다는 것은 물론 착한 것과 연결되어 있다. 착한 마음은 인간이 가진 자연스러운 본성이다. 나이브함 또한 라틴어의 어원처럼 좋은 의미를 가졌다. 그러나 인간은 본래 악한 존재

이기도 해서, 그 천성을 끝까지 지키지 못한다.

결과적으로 그들이 만약 정직함을 버리고, 악한 방식으로 똑같이 대응했다면 상황이 더 나아졌겠나. 최악의 현장에서 선택을 해야 하는 순간, 인간의 존엄을 끝까지 지키며 살아남을 수 있는 사람이 진정 용기 있는 자가 아닐까, 순진하고, 나이브해서 손가락질 당하는 게 아니라 옳은 대접을 받아야 함이 마땅하다.

아무리 아닌 척 가장을 해도 내 안에 있는 그 순진함, 착한 미덕이 한 번씩 꿈틀댄다. 더 이상 얄팍한 단어에 휘둘리지 않는 건강하고, 힘센 자아를 갖기 위해 노력하기로 하자. 우리 모두 착해지자.

신의 사람

9년 전 겨울 나의 아빠는 하늘나라로 떠났다. 교회에서 기도를 하시던 중 갑작스럽게 뇌출혈이 왔고, 손 써 볼 겨를도 없었다.

아빠는 평소에 "내가 만약 죽게 된다면, 성전에서 기도하다가 가고 싶다."라는 말을 하시곤 했다. 그럼, 아빠의 소원이 이루어진 것인가. 아니, 받아들일 수 없었다. 아무런 예고 없이 맞이하는 가족의 죽음은 너무 큰 충격이었다. 나는 하나님을 원망했다. 아직은 아빠를 보낼 준비가 안 되었다.

갑작스러운 비보에 일가친척과 지인들이 모였고, 3일간의 장례 절차가 시작되었다. 아빠는 영정 사진 속에서 환하게 웃고 계셨다. 그 사진은 불과 몇 개월 전 것으로 나의 둘째 아들을 안은 모습이었다. 늦둥이 손자의 돌잔치 날, 너무 행복한 표정이었던 아빠의 사진이 장례식장에서 쓰일 줄은 몰랐다. 나는 멍하니 아빠의 영정 사진을 바라보았다.

장례식장에 많은 사람들이 찾아왔다. 둘째 날 오후에는 사람들이 길게 줄을 서서 헌화할 정도였다. 너무 착한 사람이었던 아빠. 그랬던 아빠를 기억하고, 그의 죽음을 애도하기 위해 와 준 사람들이 고마웠다. 그런데 몇몇 사람들이 이런 말을 했다. '호상'이라고⋯. 고통 없이 돌아가셨고, 가족에게 힘든 부담도 안기지 않았으니 이런 죽음은 호상이라는 것이다. 세상에, 좋은 죽음이란 것도 있는가? 나는 이해가 가질 않았다. 고인의 삶을 기리고, 가족을 위로하기 위해 건네는 말 치곤 잔인하게 느껴졌다. 세상과 이별하기에 아빠는 이제 막 칠순을 넘긴 나이, 아직 젊었다. 그리고 나는 아빠를 위해 '효도'란 단어에 부합하는 그 어떤 것도 하질 못했다. 죄책감으로 하염없이 눈물이 흘렀다.

　검은 상복 치마를 입고, 찾아오는 사람들과 마주 인사를 하고, 그들과 육개장 몇 그릇을 비우는 동안, 이상하게 마음이 조금씩 차분해졌다. 어떤 누구와 아빠와의 추억을 이야기할 때는 웃음이 나오기도 했다. 첫날엔 사람들 대부분이 계속 흐느꼈고, 눈이 통통 부어 있었는데, 둘째 날이 되니 간간이 웃음소리도 들리고, 심지어 다들 식사도 맛있게 했다. 이제 내일이면 장지로 떠나야 하는 마지막 의식만이 남았다. 또 한번 이상했다. 이 사람들과 계속 함께 있고 싶었다. 슬픔과 위로가 섞인 묘한 연대감 같은 것. 장례식장에서 이틀을 함께 울고, 위로하고, 밥을 먹는 동안 쌓인 생경한 감정이었다. 이 모든 것들이 끝나고 나면 본래의 자리로 돌아가야 한다. 이후에 남겨진 슬픔을 감당하는 건, 순전히 각자의 몫이었다. 나는 두려웠다.

입관을 마치고 장지로 떠나기 전날 밤, 집으로 돌아와 씻고, 어린 둘째를 재우기 위해 침대에 누웠다. 내일 새벽 일찍 나서기 위해서는 잠을 자야 했다. 사실 지난 이틀간 거의 한숨도 자지 못했다. 살풋 잠이 들었다가도 황급히 깼다. 우리는 이렇게 살아서 여전히 삶의 행위들을 하고 있는데 나의 아빠는, 그의 영혼은 지금 어디에 있는 걸까? 이 현실과 저 너머의 세계에 관한 혼란스러운 마음이 나를 잠들 수 없게 했다. 다시 눈물이 났다.

아이의 등을 가만가만 두드리다가 깜빡 잠이 들었다. 이윽고 나의 눈에 파란 하늘이 펼쳐졌다. 구름 한 점 없는 하늘 저 끝에서 비행기 한 대가 나타났다. 비행기는 활공을 하기 시작했다. 지나간 자리에 비행운이 생겼다. 비행기는 위로, 아래로, 또 옆으로 열심히 동체를 움직이며 마치 비행 곡예를 하듯 움직였다. 마침내 비행이 끝나고 파란 하늘엔 구름이 만들어 낸 글자가 또렷이 보였다. '천국'이었다.

깜짝 놀라 눈을 떴다. 찰나의 꿈이었지만 너무 선명했다.

‘아빠는 천국에 가셨구나, 나의 아빠는 지금 천국에 계셔.’

기쁜 마음으로 옆에 잠든 아이를 바라봤다. 새근새근 아이의 숨소리가 나를 편안하게 했다. 나는 짧고도, 깊은 잠에 빠져들었다.

다음 날 새벽 장지로 떠나는 버스 안에서, 친척들 몇 분에게 어젯밤 꾼 꿈을 들려주었다. 모두 눈물을 글썽이며 기뻐했다. 그리고 천국에 아빠 같은 사람이 못 들어가면, 대체 누가 갈 수 있는 거냐고 반문했다. 꿈 이야기의 효력 때문인지 우리들의 마음은 훨씬 가벼워져 있었다.

충남 보령의 장지에 도착했다. 높은 선산을 뛰듯이 올라갔다. 아빠가 계실 자리는 유난히 볕이 잘 들고, 모든 풍경이 막힘없이 한눈에 들어오는 곳이었다. 아빠 옆으로 나란히 할머니 할아버지의 묘가 있어서 외롭지 않을 것 같았다.

‘아빠, 따뜻한 햇볕 쬐고, 시원한 바람 맞으며 여기서 편히 쉬세요. 자주 올게요.’

하지만 아빠를 뒤로 하고, 산을 내려올 때는 다시 눈물이 쏟아졌다. 추운 겨울, 차갑게 얼어 있는 땅 속에 아빠를 묻고 돌아오는 길. 날이 맑다, 흐리다 변덕스럽더니 비가 오기 시작했다. 차창에 부딪히는 비를 바라보고 있으니까 문득 이것도 아빠의 마음이고, 배려인 것 같았다. 아빠를 보내기 힘든 딸의 마음을 헤아리고 천국이란 글자를 보여준 아빠, 선산에서 우리가 마지막 의식을 마무리할 수 있게끔 비구름을 묶어둔 아빠, 살아 계실 때에도 항상 친절한 아빠였고, 끝까지 자신의 책임을 다하던 사람. 아빠는 죽음 이후의 과정조차 당신의 사랑으로 보듬고 계셨다. 그는 분명 신과 긴밀히 연결된 신의 사람이었고, 그래서 천국에 가셨다. 나는 안도감 속에 다시 깊은 잠에 빠져들었다.

생일은 아무것도 아니지 않아서

남편과 나의 생일은 하루 차이다. 그의 생일이 먼저고, 나는 그다음 날이다. 그래서 우리는 매년 두 사람의 생일을 하루에 몰아서 한다. 외식을 하고, 케이크를 사고, 그 앞에서 축하 노래를 부른 뒤 촛불을 끄는 일. 20년째 반복되는 이 의례는 이제 누구의 생일을 축하하는 자리인지 분간이 안 간 지 오래다. 남편은 어떤 마음인지 모르겠지만, 솔직히 나는 이 과정이 상당히 귀찮다. 맛있는 식당에서 밥을 먹거나 갖고 싶은 물건을 사는 행위는 사실 원하면 언제든

할 수 있는 일인데, 단지 생일이라는 이유로 의무감을 가져야 하는 게 조금은 억지스럽기 때문이다.

우리 집 둘째 아들은 아빠의 생일 아침부터 들떠 있다. 케이크를 유난히 좋아하는 아들에게는 초코와 생크림 중 어떤 맛을 고를지가 최대의 관심사다. 하지만 흥분한 자신과는 달리 엄마 아빠의 반응이 심드렁하기만 하니, 아이는 어지간히 맥이 빠지는 모양이다. 두 사람의 생일이 엄연히 다른데 하루에 몰아서 하는 것도, 달콤한 케이크를 두 번 먹을 수 있는 기회를 한 번으로 줄인 것도 아이의 상식으론 이해가 가지 않을 것이다. 더구나 아빠가 회사 일로 늦어 오늘은 케이크 의식이 없을지도 모른다는 말에, 아이는 충격을 받은 듯하다. 이 특별한 날을 보통 날처럼 여기는 부모가 도무지 납득이 안 된다는 표정이다. "내일, 엄마 생일에 케이크를 먹자."며 달래보았지만 내 마음도 영 떨떠름하긴 마찬가지다.

몇 년 전부터 생일이 다가오면 마음이 불편해진다. 특히 카카오톡 친구 목록에는 생일을 맞은 이들의 이름이 뜨는데, 나는 이 시스템이 상당히 부담스럽다. 정말 챙겨야 할 사이라면 굳이 안내받지 않아도 알고 있을 텐데, 모든 지인의 생일을 실시간으로 전해 들어야 할 필요가 있을까. 한번은 그리 가깝지 않은 지인이 예상치 못한 축하 메시지와 선물을 보내온 적이 있었다. 고마운 마음이 든 한편, 상대의 생일이 돌아올 때까지 채무감을 느껴야 했다. 그 후로 카톡 생일창에 아예 눈길을 주지 않게 되었다. 최근엔 생일 비공개 설정 방법을 알게 된 즉시 내 정보를 감춰두었다.

나는 왜 이토록 생일이 부담스러울까. 일 년에 한 번뿐인 날이고, 마땅히 축하받아야 할 날인데 나는 그 사실을 받아들이기가 참 어렵다. 가족과 친구들이 일제히 나를 바라보며 노래를 불러줄 땐 어쩐지 숨고 싶다. 나는 과연 그들에게 소중한 사람인가를 자문해 보지만, 그 기대만큼 괜찮은 사람이라는 자신이 없다.

오십 년을 살아온 인생이 만족스럽지 않아서일까, 혹은 여전히 존재의 의미를 찾지 못해 생일조차 그저 그렇게 느껴지는 걸까. 혹시 이 마음은 내 삶에 대한 가혹한 평가가 아닐까 해서 서글프다.

환갑이나 칠순이 되면 그땐, 생일의 의미가 다르게 다가오려나. 내 생일은 그렇다 쳐도 소중한 사람들의 생일을 챙기는 마음조차 점점 흐려지는 것이 문제다. 당장 남편만 해도 나와 생일이 가깝다는 이유로 제대로 된 대접을 받지 못한다. 축하 의식은 나에게 양보하고, 정작 본인의 날은 싱거운 외식 한 번으로 끝내버리는 남편에게 미안한 마음이 든다.

문득 아주 오래전 기억이 떠올랐다. 우리 사 남매의 생일날이면 엄마는 평소보다 일찍 일어나 생일상을 차려주셨다. 하얀 쌀밥에 미역국, 직접 재워 구운 김. 특별한 반찬은 없었지만, 그날 아침만큼은 세상의 주인공이 된 듯 독상을 받는 호사를 누렸다. 초등학교 5학년 때, 전학 간 학교에서 처음 맞은 생일날도 잊을 수 없다. 무슨 일인지 엄마는 친구들을 많이 초대하라고 하셨고, 나는 어리둥절하면서도 기쁜 마음으로 스무 장 가까운 초대장을 만들었다. 엄마는 시종일관 웃는 얼굴로 아이들을 위한 다과를 충분히 준비해주셨고, 나는 난생처음 공주가 된 기분을 만끽했다. 그날 덕분에

전학생이었던 나는 어깨를 펴고 당당하게 학교에 다닐 수 있었다. 왜 엄마는 사 남매 중 유일하게 나에게만 그런 파티를 열어주셨을까, 늘 중간에 끼어 대접받지 못하던 둘째의 설움을 미리 읽으셨던 걸까.

생일은 분명 특별한 날이다. 시대가 변해 음식과 선물이 귀한 대접을 받지 못하게 되었을지라도, 그 본질적인 의미만은 변하지 않는다. 그저 바쁜 일상과 풍족한 소비 생활에 젖어 생일을 귀찮은 이벤트로 여기게 된 우리가 있을 뿐이다.

나는 생일의 의미를 바로잡고 싶다. 나 자신은 물론 내가 사랑하는 사람들에게 '너는 정말 소중한 존재'라는 것을 확인시켜 주는 날로 말이다. 남편의 생일도 더는 홀대해서는 안 되겠다. 어쩌면 그때 내게 선물을 보낸 지인은 생일의 참된 의미를 알았기에, 나에게 그토록 다정한 내색을 해 주었던 것인지 모른다. 모든 것이 무뎌지고 심드렁해지는 세상이라지만, 생일만큼은 예외로 두어야 마땅하다. 그날만큼은 온 전력을 다해 생일을 맞은 이의 존재를 기뻐해 주고 싶다.

　일 년에 한 번뿐인 이날을 아무 날이 아니게 만드는 것, 그것이 우리가 '아무나'가 되지 않는 길일 테니까. 당신은 사랑받기 위해 태어난 사람. 이제 나를 포함한 우리 모두의 태어난 날을 진심으로 축복하려고 한다.

고양이를 부탁해

‘고양이’라는 단어를 입 밖으로 내뱉을 때면 마음 한구석이 서늘해진다. 세상에서 가장 좋아하는 존재 중 하나를 떠올리는데 왜 슬픔이 먼저 고개를 드는 것일까. 아픔을 정면으로 마주하는 일은 언제나 고통스럽다. 이제는 오래된 슬픔과 작별하고, 새로운 마음으로 그들을 마주하려 한다.

나와 고양이의 인연은 20여 년 전쯤으로 거슬러 올라간다. 사실 나는 고양이를 무서워했다. 밤마다 들리는 울음소리는 괴기스러웠고, 골목을 누비는 그들을 남들처럼 ‘도둑고양이’라 불렀다. 그랬던 내가 고양이를 삶으로 들여놓게 된 것은 순전히 우연이었다. 헤어진 남자친구가 내 마음을 돌려보겠다며, 품에 안긴 작은 새끼 고양이 한 마리. 결국 그와는 영원히 결별했지만, 고양이는 남았다. 그렇게 나의 첫 번째 고양이 '삼보'와의 행복한 동거가 시작되었다.

삼보는 삼색 털을 가진 코리안 숏헤어였다. 우리는 눈빛만 봐도 서로의 마음을 읽을 만큼 깊이 교감했다. 동물과 소통하며 감정을 나눈다는 것, 그것은 내가 처음 맛본 지극히 순수한 행복이었다. 기분이 좋을 때 내는 갸르릉 소리와 촉촉한 핑크코, 젤리 같은 발바닥… 나를 기다리며 서 있던 그 창가의 실루엣.

나와 삼보는 오붓이 둘이 살았다. 그러다 사정이 생겨 엄마 집에 잠시 고양이와 함께 머물러 있었는데 내가 외출한 사이, 엄마는 삼보를 버렸다. 당시 엄마는 외할머니를 여읜 상실감으로 우울증이 깊은 상태였다. 엄마는 유기 장소를 숨기며 고양이 찾기를 방해했다. 나는 벽보를 만들어 온 동네에 붙이고 다녔다. 당시의 정서로는 상상할 수 없는 사례금 100만 원을 걸었다. 여기저기에서 연락이 왔지만, 나의 잃어버린 고양이는 아니었다. 슬픔으로 미쳐버릴 것 같았다. 내가 근무하던 직장에까지 소문이 퍼졌는데, 그들은 나를 정신 나간 사람 취급하며 해고했다. 상관없었다. 이제는 밤낮으로 삼보를 찾으러 거리를 헤매었다. 엄마는 결국 보름이 지난 후에야 유기 장소를 사실대로 밝혔는데 그곳엔 빈 이동장과 남은 사료 봉지만 덩그러니 놓여 있었다. 목격자들이 말하기를 사흘 내내 고양이는 그 안에 있었고, 그다음 날부터 사라졌다고 했다. 어떤 사람은 근처 도로에서 한 고양이가 교통사고를 당한 걸 목격했다고 했다. 나는 제정신으로 살 수 없었다. 잠깐씩 잠이 들 때마다 삼보의 꿈을 꾸었고, 가만히 있어도 어디선가 고양이의 울음소리가 계속 들려왔다. 엄마와 함께 산다는 건 더 이상 불가능했다. 나는 다시 집을 나왔다. 여동생도 함께였다. 동생도 삼보를 잃은 슬픔이 너무나 컸고, 그 슬픔을 잊기 위해 친히 고양이 세 마리의 집사가 되었다. 유기된 경험이 있는 길냥이 출신의 고양이 두 마리와 냥줍(냥이 줍기)을 통해 늘어난 한 마리까지, 우리는 새로운 고양이들을 돌보며 삼보에 대한 그리움을 조금씩 덜어낼 수 있었다.

한때 존경의 대상이었던 엄마를 나는 아주 오래도록 미워했다. 그녀의 불안한 심신을 모르는 바는 아니었으나, 자식의 소중한 세계를 무참히 깨뜨린 상처는 쉽게 아물지 않았다. 우리의 불행한 운명의 책임은 고양이었을까, 엄마였을까. 이후로도 고양이와의 아픈 인연은 이어졌다. 동생이 결혼하며 맡긴 고양이들을 이사 과정에서 잃거나, 병으로 떠나보내며 다시는 동물을 키우지 않겠노라 다짐했다.

다행인 것인지 두 아이를 키우며 한동안 고양이를 잊고 살았지만, 아이들은 동물을 사랑하는 부모의 기질을 그대로 물려받았다. 고양이만 보면 하트 눈이 돼 버리는 아이들의 간절한 청을 나는 차마 거절할 수 없었다. 다시 겪게 될지 모를 상실의 공포보다 "지금 가족과 함께 고양이를 키우고 싶다."는 아이의 눈물이 내 마음을 더 흔들어 놓았기 때문이다.

그렇게 우리 가족이 된 '동식이'는 유기동물 보호소에서 데려온 어미 잃은 새끼 고양이다. 그런데 이 녀석, 이전의 고양이들과는 참 다르다. 고양이 특유의 섬세한 교감보다는 철저히 자기 본위인 그야말로 철딱서니 없는 아이 같다. 가끔은 이런 생각이 든다. '예전 고양이들을 지키지 못한 빚이 커서, 동식이 같은 고양이가 우리에게 왔나, 이번에는 너무 깊이 감정 이입하지 않도록 보이지 않는 운명의 선별이 있었나?'라고 말이다.

현재 동식이는 한국에서 남편과 큰아들의 보살핌을 받고 있다. 영상 통화 너머로 이름을 불러봐도 녀석은 늘 무심하기만 하다. 우리가 한국에 돌아가게 되면 동식이는 우리를 알아볼까, 못 알아볼까. 아마 후자일 것이다. 하지만 우리는 동식이를 오래도록 사랑하기로 했다.

무지개다리 너머 어여쁜 고양이들과의 추억, 슬프지만 아름다웠던 시간들. 모든 시간과 사건들은 계속 작용을 해서 현재의 나와 우리를 만들었다. 나와 고양이에 관한 이야기가 더 이상 아프지 않길 원한다. 이제 '고양이'라고 말하면 느껴지는 가슴 한 켠의 통증도 회복됐으면….

"나의 삶 속에서 고양이를 부탁해."

3부 길 위의 배움

겨울 그림

매년 겨울이 되면, 나는 비슷한 심상에 젖는다. 겨울의 주위를 둘러보면 이미지가 가득하다. 나뭇잎이 다 떨어져 황량해 보이는 풍경 가운데 우연히 눈 돌린 어느 집 창가의 반짝이는 전구들, 한 번씩 눈이 쏟아질 것 같은 무거운 하늘은 어쩐지 차분하고 편안하다.

겨울이므로 매서운 칼바람에 뼛속까지 시리다가도, 또 어떤 날은 미지근하고 부드러운 공기가 감돌아 포근함을 느낀다. 그런 날은 짙은 계절의 내음을 맡으며 겨울의 거리를 걷는다.

사람들은 가끔씩 좋아하는 계절을 묻곤 한다. 딱히 모르겠다. 굳이 인상적인 계절을 꼽으라면, 그건 겨울이다. 겨울은 유독 길기도 하고, 여러 방면으로 많은 생각에 잠기는 때다. 지난 일 년을 돌아보는 시점인 것과 나이 한 살을 또 챙겨야 한다는 부담, 그리고 자기가 가고 있는 길에 대한 의문, 이쯤 되면 마음이 급해진다. 12월의 나는 항상 이렇다. 쫓기듯이 벌려온 일들을 정리하고, 미처 끝내지 못한 과제를 황급히 마무리 짓는 것처럼 허둥지둥댄다. 내년엔 안 그래야지, 다짐하면서도 매년이 같다.

오랜 옛날부터 지녀온 겨울의 습관들이 올해 또 반복되고 있다. 인생의 큰 변화를 맞을 때에도 분명 지나친 겨울인데, 이맘때면 크게 다르지 않은 비슷한 심상들로 채워지는 것이다.

겨울 하늘이 잿빛인 것만은 아니다. 공기가 유난히 차가운 날은 하늘이 무척 파랗다. 투명한 햇살 아래, 세상은 더욱 선명해진다. 하지만 겨울의 청명함은 강한 추위를 동반한다.

맑은 한파를 견디다 못해 실내에 들어가 앉으면, 겨울의 햇빛은 깊숙이 손길을 뻗어 언 몸을 녹인다. 겨울은 그렇다. 호통치며 내쳤다가도, 달래듯 안온히 감싼다. 잔뜩 움츠렸다가도 손난로 한 개에 사르르 녹는 감정의 추이.

시베리아 바람 불 듯 힘든 겨울과 유난히 따뜻했던 겨울이 있던 것처럼, 나는 매서운 삶의 추위를 지나왔고, 한 번씩 불 앞에서 안도했다. 나는 이 극단적 겨울 풍경 속에 오랫동안 서 있었다. 잔뜩 움츠린 채 피할 수 없는 추위를 인정하면서도, 어느 집 창가에 반짝이는 작은 전구처럼 스스로 위안의 빛을 켜곤 했다.

겨울의 그림은 한색과 난색이 적절히 배합돼 꽉 차 있는 그림과 같다. 어쩌면 일 년의 삶뿐만 아니라 지나온 삶의 과정들도 그 안에 담겨 있는지 모른다. 겨울의 단상들은 그림이 되어 또 시간의 페이지를 채운다.

시작과 끝의 마음

무언가를 시작할 때 그리 복잡하게 생각하지 않는다. 두려움이나 부담은 별로 없다. 거창한 계획도 필요 없고, 그냥 한 걸음 떼는 편이다. 그래도 역시나 잘하고 싶은 마음이 커서 긴장과 스트레스는 피할 수 없다. 하지만 첫발을 내디뎠을 때 오는 그 설렘이 좋아서 나는 자주 시작의 태세를 갖추곤 한다.

"네 시작은 미약하였으나, 네 나중은 심히 창대하리라." 욥기 8:7

어떤 일을 시작할 때 사람들은 이 유명한 성경 구절을 방패 삼듯

인용한다. 하지만 이 구절이 내게 통용된 적은 별로 없다. 이상하게도 나는 막상 시작을 하고 나면, 곧 회의감이 밀려온다.

'그래서 이걸 시작해서 얻으려고 했던 게 뭐였지? 그 끝엔 행복이 있을까?'

그래도 항상 뭔가에 착수하고, 초반까지는 즐겁게 잘 굴러간다. 계획을 하나씩 실행하느라 한동안 생활이 타이트해진다. 밥을 먹고 잠을 자는 일이 간소화되고, 일상의 단순함이 주는 의외의 편안함에 놀라기도 한다. 꾸준하고 규칙적인 일상, 이런 생활의 패턴들이 쌓여 결과물을 만들기도 한다. 그런데 문제는 어느 순간, 더 이상 지속할 수 없는 지경에 이르고 만다. 나는 끝없는 의심과 무력감에 빠져 결국 동력을 잃고 나자빠진다. 왜 시작과 끝의 마음이 이렇게 다를까. 아니, 끝의 마음은 사실 모른다 해야 함이 옳다. 오랫동안 이유를 물었고 방법을 찾기 위해 한 번씩 숨이 찼지만 더 나아가 있진 않은 것이다. 시작을 했으면 마무리가 좋아야 한다는 모범적인 인식 말고, 다른 사고방식이 필요하다.

병원에 가서 상담 치료를 받는다면, 의사는 이를 특정한 트라우마와 연결지어 설명할 것이다. 나는 사실 이미 여러 차례 심리 상담을 받은 경험이 있다, 그러나 애석하게도 상담 치료가 나에게 큰 도움을 준 것 같진 않다. 상담을 하는 중에도, 예외 없이 이 감정들이 나를 괴롭혔기 때문이다.

몇 년 전부터 나는 상담 대신 나만의 방식으로 고질적인 무력감을 개선하기 위해 노력하고 있다. 우선 집 정리를 시작한다. 하루에 한 코너를 정하고 공간을 정리하며, 흩어져 있는 감정들을 다스린다. 내킬 땐 정리의 범위가 늘어나기도 한다. 말끔해진 공간 한 켠에서 느끼는 후련함과 즐거움이 있다. 그리고 도서관에 들러 자기계발 도서를 찾아본다. 예전엔 솔직히 이런 종류의 서적을 읽지 않았다. 독서라는 것은 어디까지나 인문 과학이나 문학 작품에 국한되는 거고, 실용서나 자기계발서 등의 책은 아예 독서의 범주에 넣지 않았다. 하지만 요즘은 고갈된 에너지와 용기를 얻기 위해 일 년에 꼭 몇 권은 찾아 읽는다. 유튜브에서 다양한 강의를 찾아보는 것도 빼놓을 수 없다. 타인의 조언을 듣기 싫어하고 의심이 많던 예전의 고집을 내려놓으니, 내가 틀릴 수도 있다는 사실과 생각지 못한 곳에서 오는 큰 울림이 고맙기만 하다.

나는 현재 아이와 함께 캐나다에 살고 있다. 이곳에 살면서 수많은 시작을 경험했다. 당장에 결과를 봐야 하는 일도, 인내심을 가지고 매달려야 하는 일도 있었다. 그동안 경험으로 단련이 되고, 고질적인 습관들을 고치기 위해 만든 생활의 루틴들도 작용을 했는지, 이전과는 분명히 달라진 나를 느낀다. 문제를 해결하거나 결과를 만들기 위해 달려가는 과정이 즐겁다. 복잡하게 얽혀 있는 상황일수록 걸림돌을 하나씩 제거할 때마다 뿌듯함마저 느낀다. 설령 만족할 만한 결과가 아니더라도, 그 과정에 충실했기에 후회는 없다.

인생이란 엉켜 있는 실타래를 푸는 과정이고, 우리는 매번 새로운 꾸러미들을 만난다. 그저 천천히 풀어가면 될 뿐이다. 꼭 끝을 보지 않아도 괜찮다. 시작과 끝의 마음이 달라도 상관없다. 내 안의 근육이 조금 더 단단해진 지금, 완벽한 마침표를 찍기 위해서가 아니라 그저 하루의 삶을 성실하고, 밀도 있게 살아가려는 나를 발견한다. 시작할 수 있는 용기가 있는 한 우리의 인생은 언제나 현재진행형이다.

매트 위 평화

휴일 아침, 소파 아래 둘둘 말려 있던 요가 매트를 편다. 가로 육십 센티미터, 세로 일 미터 남짓한 이 좁은 공간 위에서 비로소 내 몸은 자유롭고 편안해진다.

연꽃 자세(앉는 자세의 기본)로 앉아 눈을 감는다. 숨을 깊이 들이마시고 내쉬며 흐트러진 호흡을 정리한다. 평소엔 얕은 흉식호흡에 익숙해져 있지만, 이 시간만큼은 아랫배 깊숙이 숨을 채우는 복식 호흡을 연습해 본다.

시작은 고양이 자세다. 등을 동그랗게 말아 올렸다가 다시 척추를 길게 늘리며, 고개를 뒤로 젖힌다. 밤새 굳어 있던 등과 허리가 기분 좋게 풀리며 하루가 깨어난다. 이어 팔다리를 쭉 펴고 엎드리는 개 자세를 취하면 몸의 구석구석으로 혈액이 도는 것이 느껴진다.

요즘은 마르자리야사나(고양이 자세), 아도무카스바나사나(개자세)처럼 낯선 산스크리트어 명칭을 주로 쓰지만, 나는 여전히 이 어려운 이름들이 입에 잘 붙지 않는다. 그저 고양이, 개, 비둘기, 낙타처럼 우리 주변 생명체의 이름을, 한글로 정겹게 부르는 편이 훨씬 좋다. 그들이 가진 형상을 머릿속에 그리며 동작을 수행하다 보면, 움직임의 핵심이 무엇인지 몸으로 더 깊이 이해하게 된다.

모든 동작 중 내가 특히 아끼는 요가 자세는 '태양 경배'라는 연속 동작이다. 양손을 가슴 앞에 모았다가 하늘을 향해 곧게 뻗고, 다시 땅을 짚으며 몸을 늘리는 일련의 흐름은 매일 아침 떠오르는 태양을 향해 올리는 정성스러운 인사와 같다. 하루를 시작하기에 이보다 경건하고 다정한 몸짓이 또 있을까. 오늘도 건강하고, 행복하기를 기원하는 마음이 손끝에 실린다.

동작을 반복할수록 어느새 이마에 땀이 맺힌다. 수축했던 근육이 풀리며 움직임은 한결 가벼워진다. 몸의 중심이 잡히기 시작하면, 나무 자세를 연습해 본다. 한쪽 다리에 체중을 싣고 나머지 다리를 허벅지 안쪽에 단단히 붙인 채 선다. 생각이 분산되면 자세는 금세 흐트러지고 만다. 마음과 시선을 한곳으로 모아야만, 비로소 그 자리에 뿌리내린 나무처럼 설 수 있다.

이어지는 전사 자세는 그 동작의 이름처럼 활력과 자신감이 온몸으로 퍼진다. 한 다리로 균형을 잡으며 손과 다리를 앞뒤로 힘 있게 뻗을 때, 내 안의 단단한 의지를 확인한다.

다시 매트 위에 앉아 다리를 앞으로 뻗고 상체를 천천히 숙인다. 서서 긴장했던 근육들을 이완시킨 뒤, 배를 대고 바닥에 엎드린다. 뱀 자세와 활 자세로 구부정한 등과 어깨를 활짝 펴고 나면, 마지막은 아기 자세다. 엄마의 자궁 속에 웅크리고 있는 아기처럼 몸을 낮추면, 온몸의 긴장이 눈 녹듯 사라지며 평온함이 찾아온다.

다시 한번 호흡을 가다듬으며 '나마스떼'라고 읊조린다. 동작 이름은 우리말이 좋지만, 인사말만큼은 꼭 이 단어를 쓴다. '내 안의 신이 당신 안의 신에게 경의를 표합니다' 혹은 '현재의 당신을 존중합니다'라는 그 깊은 뜻이 좋아서다.

오늘도 요가로 여는 아침 덕분에 활기찬 하루를 맞이한다. 몸의 건강이 마음의 건강을 좌우한다는 평범한 진리를 매트 위에서 다시금 배운다. 스스로에게 나직이 인사를 건네본다.

"나마스떼, 지금의 너를 온 마음으로 존중한다."

인테리어 잔혹사

4년 전, 실내건축기능사 자격증을 취득했다. 평소 관심 있던 분야를 전문적으로 공부하고 싶었고, 내심 취업이나 창업까지 염두에 둔 도전이었다. 코로나 사태로 1년을 쉬는 우여곡절 끝에, 근 2년 만에 국가 면허증을 손에 쥐었다. 실기시험 당일, 엄중한 방역 상황 속에 KF94 마스크를 두 겹이나 겹쳐 쓰고 5시간 동안 도면을 그렸다. 어렵게 자격증을 손에 쥐고, 인테리어 회사 몇 곳에 이력서를 내 보았지만, 연락 오는 곳이 없었다. 신입으로 입사하기엔 적지 않은 나이가 장벽이 된 듯했다.

연락 없는 이력서를 뒤로 하고, 나는 직접 현장에 뛰어들기로 했다. 먼저 내 집의 인테리어를 시작해 보리라 마음먹었다. 어렵사리 업체들을 선정하여 공사에 돌입했다. 하지만 자격증만 가지고 있을 뿐이지, 실정을 모르고 무작정 덤빈 탓에 탈이 많았다. 계획보다 일정이 길어지고, 현장 스케줄이 꼬이는 등 매일 수습할 일들이 생겼다. 그래도 시간은 어떻게든 흘러 공사는 끝이 났고, 아쉬움이 많이 남았다. 공간을 꾸미는 일이 좋아 벌인 일인데, 내가 의도한 디자인 몇 가지만 겨우 충족했을 뿐 전체적으로 마감의 완성도가 아쉬웠다. 그래도 우리 집이 괜찮아 보였는지, 지인에게서 인테리어를 부탁받았다. 모든 공정이 처음보다 순탄했다. 짜여진 공정표대로 차질 없이 인테리어를 끝냈다. 무엇보다 공사를 의뢰한 지인이 모든 과정에 적극적으로 참여했기에 내 역할이 수월했던 것이다. 비포 앤 애프터가 확실한 이 일에 비로소 재미가 느껴졌다. 얼마 지나지 않아 또 한 명의 집을 맡았다. 여기는 입주 아파트라서 대대적인 공사는 아니었으나 평범한 분양 아파트의 느낌을 탈피하고자

디테일을 많이 가미했다. 트렌드인 템바보드와 터치거울을 설치하고, 안방침대 헤드 쪽엔 웨인스코팅을 시공했다. 집 안의 조명은 모조리 따뜻한 주백색으로 바꾸었다. 인테리어의 8할은 조명이라 했던가, 썰렁하고 차가워 보이던 곳이 화사하고 아늑한 공간으로 바뀌었다.

최근에는 삼십 년이 다 된 친정엄마의 아파트를 대대적으로 수리했다. 창호부터 난방 설비, 분전함까지 모두 교체하는 대공사였다. 한 달간 매일 현장으로 출근하며 분진과 소음에 익숙해졌다. 연로하신 엄마를 대신해 모든 공정을 직접 지휘해야 했기에 더욱 거친 현장이었다. 나는 엄마가 더 쾌적하고 아름다운 곳에서 생활하길 바라는 마음에 최선을 다했다. 공사기간 동안 모녀 사이엔 기대와 갈등이 위태롭게 오갔다.

결과는 절반의 성공이었다. 인테리어 감리의 핵심은 사람의 손으로 빚어내는 실수를 잡아내고, 확실하게 수정하는 데 있다. 나는 현장에서 일하는 분들의 정직한 노동을 존중하지만, 동시에 그들에게 끊임없이 완벽을 요구하고 다그쳐야 하는 상황이 고통스러웠다. 까다로운 엄마의 기대를 충족시켜야 한다는 압박감에 스트레스 지수는 치솟았고, 혹시 놓친 부분은 없을까, 분한 마음에 밤중에 자다 깨기를 반복했다. 처음이자 마지막일지도 모를 엄마의 집을 완벽하게 선물하고 싶은 욕심 때문이었다.

공사하는 한 달 내내 거울을 볼 여유조차 없었다. 작업복은 분진으로 엉망이 되었고, 손은 거칠어지다 못해 생인손이 돋았다. 고된 노동에 비해 보수는 미미했다. 업체를 거치지 않고, 개인에게 인테리어 의뢰를 하는 것은 어쨌거나 비용 절감이 목적이다. 그래서 나의 인건비는 거의 책정하지 않았다. 내 재능으로 공간을 업그레이드하고 타인에게 기쁨을 줄 수 있다면 얼마든지 고생할 각오가 되어 있었다. 하지만 이번 공사를 끝내고 나니 깊은 고민이 찾아왔다.

원래 계산적이지 못하고 남에게 피해 주는 것을 극도로 조심스러워하는 내가, 이 험난한 업계에서 개인 사업자로 살아남을 수 있을까, 나의 시간과 수고에 정당한 가치를 매기는 일은 왜 이토록 어

려운 숙제인 것일까. 안으로 침잠하는 성격을 바꾸고, 복잡한 머릿
속을 정리하고자 시작한 일이었지만 내가 추구하는 삶의 결과 현실
의 괴리는 분명 존재했다.

하지만 나는 여전히 꿈을 꾼다. 유행을 쫓는 인테리어나 업자와
의 눈치 싸움이 아닌, 거주자의 취향과 품격이 깃든 독창적인 집을
디자인하고 싶다. 공간에 대한 나의 심미안을 발휘하되, 내 수고에
대한 정당한 대가도 당당히 요구할 수 있는 전문가가 되고 싶다.

누군가 다시 나에게 인테리어를 의뢰한다면, 나는 이 모든 고민
을 안고 또다시 현장으로 향할 것이다. 과정은 고되겠지만, 확실한
것 하나는 안다. 나의 손길이 닿은 그 집은 이전보다 훨씬 멋진 공
간으로 다시 태어날 것이라는 사실을.

사과나무를 그렸다

몇 년 전 우연히 나무 그림 테스트를 받게 되었다. 종이 위에 자기가 생각하는 나무 한 그루를 그리면, 그 크기와 형태에 따라 내면의 심리를 해석하는 방식이었다. 나는 고민 없이 굵고 튼실하며 탐스러운, 사과가 주렁주렁 열린 사과나무를 그렸다.

검사자가 들려준 해석은 꽤 구체적이었다. 나무 기둥은 자아의 강도를, 뿌리의 깊이는 현실 적응도를 나타낸다. 잎은 생각의 수에 비례하고, 옹이는 과거의 상처를 말해 주며, 열매는 인정받고 싶은 욕구를, 그리고 가지의 수는 계획을 수행하는 전략적 능력을 의미

한다는 것이다.

종이 중앙에 떡하니 자리 잡은 나의 나무는, 자아가 강한 사람임을 보여주었다. 하지만 풍성한 잎에 비해, 뿌리는 깊지 않아 늘 불안한 상태였고, 두 개의 옹이는 여전히 과거의 그늘에서 벗어나지 못했음을 암시했다. 무엇보다 눈에 띄는 것은 열매와 가지의 불균형이었다. 성취욕을 상징하는 사과는 가득한데, 그것을 받쳐줄 가지의 수가 턱없이 부족했다. 계획은 많으나 실천이 따르지 못해 결국 공상으로 끝날 위험이 크다는 해석이었다.

그림 한 장만으로 개인의 전 생애를 판단할 수는 없겠지만, 나는 그 풀이 앞에서 속수무책으로 고개를 끄덕일 수밖에 없었다.

이후 나는 부족한 면을 메우기 위해 나름의 해결책을 찾아 나섰다. 미니멀리즘 열풍에 동참해 주변을 비워냈고, 메모와 기록을 통해 계획을 가시화하려 애썼다. 그러나 관성의 법칙은 어김없이 나를 되돌려 놓았고, 나는 여전히 이상만 내세우는 비현실주의자에 머물러 있었다.

그사이 팬데믹이 찾아왔다. 세상이 멈춘 듯한 혼란 속에서 3년이라는 시간은 역설적으로 나를 더 깊이 들여다보는 거울이 되었다. 현실과 이상 사이에서 어떤 포즈를 취해야 하는지, 스스로를 단련하는 귀한 시간이었다. 그리고 나는 비로소 나의 부끄러운 진실 하나를 대면했다.

나는 몸은 부지런하지만, 생각은 게으른 사람이다. 당장 눈앞의 집안일이나 가벼운 과제들을 해치우지 않으면 불안해서 견디지 못한다. 하지만 정작 삶의 방향을 결정짓는 중요한 결단이나 복잡한 관계의 매듭은 뒤로 미루고 회피한다. 몸을 바쁘게 움직여 당장의 부담스러운 생각을 지워버리는 것이다.

그 결과는 정직했다. 하루를 충실히 보냈다는 착각 어린 자기만족, 잘 관리된 집, 비교적 노화가 덜 된 몸. 그것 외엔 내 삶에 아무런 변주도, 성취도 일어나지 않았다. 쳇바퀴를 성실히 돌리는 것만으로는 결코 궤도를 수정할 수가 없었다.

타고난 기질이나 성격은 쉽게 변하지 않는다. 그러나 자기 자신을 있는 그대로, 정면으로 이해하기 시작했다면 이야기는 달라진다. 발견한 결핍을 숙명으로 받아들일 것인지, 아니면 조금씩이라도 바꿔나갈 것인지는 이제 온전히 나의 선택에 달렸다. 내 마음의 사과나무에 부족했던 가지를 하나씩 뻗어 나가야 할 그 시간이 다시 돌아온 것이다.

산책과 걷기와 달리기

매일 걷는다. 내게 걷기란 단지 운동의 영역만이 아니다. 땅을 디디고 하늘을 보며 공기의 흐름을 느끼는 일, 몸과 마음이 한데 어우러져 호흡하는 행위다.

어떻게 걷는지도 중요하다. 물론 방법론이 아닌, 마음가짐에 관해서다. 나는 수 없이 많은 길 위에서 내 마음을 향하여 물었다. 스스로 선택한 길과 무작위의 길, 그 위에서 발견한 풍경과 인식. 그것이 내 삶에 어떤 영향을 주었는지, 온전히 살아갈 힘이 되었는지를 반복해 질문했다. 혹여 목적지도 없이 그저 발걸음을 이곳에서 저곳으로 옮기는 행위만을 무의미하게 한 것은 아닌가, 의심하기도 했다.

이곳 캐나다에서도 여전히 걷고 있지만 가끔 걸음을 멈추고, 깊은 한숨을 내쉬는 나를 발견한다. 무언가에 쫓기듯 걸어 여기까지 왔지만, 끝내 발견하지 못할 허상을 찾아 헤매고 있는 것은 아닐까, 그러나 나는 여전히 걸음을 멈출 수 없다.

이런 생각들로 숨이 가빠올 땐, 산책길에 나선다. 산책에는 분명 낭만적인 요소가 깃들어 있다. 자연을 살피며 생각할 여유를 얻고, 새로운 길을 탐색하며 호기심을 충족하는 시간. 산책은 우리 자신을 자연의 일부로 기꺼이 끌어들인다. 그렇기에 산책은 관성적인 걷기와는 다르다. 시간과 공간, 무엇보다 마음의 여백이 확보되어야만 가능하기 때문이다. 마음이 준비되지 않은 산책은 그저 무거운 걷기에 불과하다. 결국 일상의 산책을 잃어버리지 않기 위해서는 평소 꾸준히 걸으며 우리의 의식을 정돈해 두어야 한다. 걷기와 산책의 동행은 중요하다.

걷기가 성찰이고 산책이 여유라면, 달리기는 생동하는 에너지다. 요즈음의 달리기 열풍은 캐나다에서도 예외가 아니다. 날씨와 장소에 구애받지 않고 거리를 질주하는 러너들을 보며, 어느새 나도 그 대열에 합류했다. 뜀박질하던 어린 시절 이후, 잊고 지냈던 달리기를 시작하자 몸과 마음이 다시 깨어나는 기분이다.

최근 뇌신경과학자가 쓴 달리기에 관한 책을 읽었다. 저자는 '달리기를 하면 심폐 기능이 좋아지지만, 무엇보다 우리의 뇌가 건강해진다.'라고 강조한다. 육체와 정신을 동시에 단련하는 이 역동적인 행위를 마다할 이유가 없다. 특히 생각이 복잡하고, 마음이 소란스러울 때면 뛰고 싶은 욕망이 강하게 일어난다. 얼마큼 뛰다 보면 나의 몸이 그저 달리기에 맡겨진 듯한데, 가빠오는 심장 박동과 함께 걱정과 근심이 땀으로 분출되는 느낌이다.

걷기와 산책, 그리고 달리기.

발걸음을 내딛는 순간부터 몸과 마음이 흐트러지지 않도록, 숨을 고르고 온전히 생각에 집중해 본다. 이런 훈련이 반복된다면, 운동

능력을 넘어 우리 의식의 도약도 이룰 수 있지 않을까?

오늘 내가 길 위에서 찾지 못한 무엇. 오늘은 아니었지만, 내일은 다를 것이라는 희망. 그 몸부림은 계속되어야 한다. 그 희망을 품고, 나는 내일도 길 위에 서 있을 것이다.

4시 44분

결코 의도한 적 없고, 노력을 기울인 적도 없지만 우연한 마주침 이후 눈빛이 달라진 적이 있는가?

문득 벽에 걸려 있는 시계를 본다. 시간은 끊임없이 흘러가고 있지만 우리는 시곗바늘의 움직임을 거의 느끼지 못한다. 그러나 어김없이 시간은 지나고, 시침과 분침의 각도는 바뀌어 현재는 이미 과거가 되어 있다. 그러다 불현듯 시계를 올려다보았을 때 툭! 마치 소리까지 전해져 오는 것처럼 제법 커다란 바늘의 움직임을 목

도할 때가 있다. 평소 조용하기만 했던 시계의 걸음마를 보고 나면, 어쩐지 그냥 지나칠 수가 없는 것이다.

시간 속에서 살아가는 우리는 또 이런 경험을 한다. 시간을 확인하기 위해 핸드폰 화면을 켜는데 4시 44분이다. 운전을 하다가 대시보드 안, 전자시계를 보았다, 4시 44분이다. 시간을 그리 자주 확인하는 편도 아닌데, 어쩌다 들여다본 액정 속 숫자는 정확히 4시 44분을 가리키고 있다. 4라는 숫자는 행운의 숫자와는 거리가 멀다. 그럼, 반대로 7을 떠올려 보면 7시 77분이란 시간은 존재하지 않는다. 그렇다면 우리는 4라는 숫자에 의미 부여를 했고, 무의식적으로 그때가 되길 기다리는 것인지도 모른다. 숫자가 겹칠 가능성은 어디까지나 확률에 근거하고, 4시 44분과의 잦은 조우는 그저 현상일 뿐일까.

가끔 거울에 비친 내 모습이 낯설 때가 있다. 또 누군가와 통화를 하는데, 통신의 오류인지 상대에게 이야기하는 내 목소리가 다시 되울릴 때 50년을 넘게 이 얼굴, 이 목소리로 살아왔음에도 타인처럼 느껴진다. 반대로 이런 경우도 있다. 지금 닥친 상황이 어딘지 익숙하고 처음 같지 않아 오히려 당황한 경험 말이다. 이 느낌은 꽤 자주 일어난다. 우리는 살아가면서 보통 평범하고 익숙한 일들을 만나지만, 이처럼 똑같은 일상 속에서도 전혀 다른 경험을 하게 될 때가 있다.

자신을 향한 낯섦과 익숙함이 찾아올 때, 존재의 의미를 점검해 본다. 이 넓은 우주의 티끌과 같은 한 인간이 느낄 수 있는 생각의 범위. 모든 생명체가 유기적으로 연결되어 있듯이 우리의 의식 또한 저 너머 다른 차원의 것들과 이어져 있어 한 번씩 튀어 오르는 것은 아닌가.

습관적으로 눈앞에 놓인 사물의 배열을 각각 색깔과 모양으로 분류하고, 규칙을 찾고, 그 질서를 우연한 것으로 간주하는 행위. 의도일까, 우연일까. 어쩌면 우리는 항상 이 사이에서 살아가는지도 모르겠다. 일상의 작은 순간부터, 커다란 사건까지 모두 작용이 되는 의도와 우연.

　4시 44분과 마주치는 순간을 항상 기다리며 의미를 부여하고, 짧게나마 반짝하는 찰나를 보고 싶어 하는 마음. 그것은 무질서 속에서 일종의 필연의 흔적을 찾아내려는 인간의 본능일 것이다.

　철학자 칼 융은 인과관계로는 설명할 수 없지만, 의미 있게 연결되는 현상을 '동시성'이라 불렀다. 우리가 4시 44분을 목격하는 것, 낯선 상황에서 기시감을 느끼는 것, 거울 속 내가 생경하게 다가오는 순간들은 어쩌면 거대한 우주가 나라는 작은 존재에게 보내는 은밀한 신호일지 모른다.

　의도와 우연 사이 그 팽팽한 긴장감 속에서 우리는 살아가고, 4시 44분이라는 시간은 평범한 일상에 던져진 작은 돌멩이와 같다. 그 파동이 느껴질 때, 나는 순간 깨어난다. 시계 액정 속의 숫자가 4시 44분으로 변하는 그 짧은 틈새에서 나는 보이지 않게 손짓하는 우주의 질서를 가만히 전율하며 지켜본다.

생인손

손가락이 욱신대기 시작한다. 또 감염이 된 모양이다. 엄지가 벌겋게 퉁퉁 부어오르고, 가만히 있어도 팔딱거리는 맥박이 느껴진다. 다시 생인손이 되었다. 많이 아프다.

생인손은 '조갑주위염'이라는 다소 투박한 병명으로도 알려져 있다. 장갑을 끼지 않은 손으로 먼지가 많이 나는 일을 하거나, 면역력이 약해지는 시기에는 어김없이 생인손이 찾아온다. 생인손은 '생손을 앓는다' 말할 정도로 통증이 심한데, 워낙 만성이 되다 보니 이 정도 아픈 것은 그냥 버틴다. 참을성이 많다고 해야 하나, 아니면 둔감하다고 해야 하나. 딱 한 번 병원에 가서 의사의 설명을 들은 뒤론 생인손이 돋아도 그냥 진통제 한 알만 먹고 만다. 그마저도 잊어버릴 때가 있다. 며칠이면 나아지겠지 하며, 그저 방치를 한다. 다행히 시간이 흐르면서 통증은 줄어든다. 하지만 앓는 동안은 분명히 힘들다. 그런데 나는 왜 매번 상황을 내버려 둘까.

통증을 참는 것은 미덕이 아니라 미련한 짓이다. 통증은 염증이고, 몸이 버틸 수 없다고 보내는 신호다. 자칫 그 통증으로 인해 심각한 병이 초래될 수도 있다. 통증을 참는 동안 삶의 질이 떨어지는 것도 물론이다. 더 심각한 문제는 통증을 참는 것이, 비단 신체의 증상으로 그치지 않는다는 것이다. 이건 삶의 태도로 확장된다. 필요에 따라 즉각적인 대처를 하지 않아 골치 아픈 일이 발생하는 경우다. 분명 잘못되어 가고 있는 상황이 눈에 보이는데도, 그저 손 놓고 바라보는 것이다. 어떤 상황인지 헤아리는 것도 한참이고, 해결 방법을 모색하는 것도 일이 거의 끝나갈 쯤이다. 그것은 어쩌면 '나에게만큼은 불행이 건너뛸 거야.'라는 안일한 생각과

어차피 일어날 일은 개인의 힘으론 어쩔 도리가 없다는 체념 일색
이 얽히고, 섥힌 어정쩡함이다. 냉정하게 따지자면 몸이 아니라, 생
각이 게을러서 생기는 일이다. 생인손에 자주 걸릴 만큼 온갖 가사
일에, 욕심을 내어 다른 데까지 손을 뻗치지만 돌아오는 소득은 별
로 없다. 미련하기 그지없다.

　생인손의 저주는 삶 전체로 확장되어 때때로 나를 무력하게 만들
었다. 눈앞의 균열을 보고도, 괜찮을 거라고 애써 믿으며 손을 놓
아버린 결과는 잔인했다. 고통은 방치한 시간만큼 그대로 나에게
되돌아와서, 닥친 현실을 뼈저릴 만큼 자각하게 했다. 그렇게 한동
안 생인손은 나에게 아픈 손가락이자, 삶의 독으로 작용했다. 이제
는 정말 생인손의 저주를 끊어야 할 때다. 부어오른 손가락을 보며
한숨 쉬는 대신 얼른 약을 먹고 쉬면서 회복을 꾀하고, 문제 상황
이 생길 때엔 근거 없는 낙관보다, 해결책을 빨리 찾는 것이 옳은
선택일 것이다. 생인손이라는 낯선 이름의 병명에서 벗어나 건강한
손과 건강을 얻고, 내 삶의 주도권을 다시 찾아가는 길. 인내라는

허울 좋은 이름보다, 아픔을 정면으로 바라보고 치료할 수 있는 용기도 갖추어야 한다. 나 자신에 대한 애정을 게을리하지 말 것. 지금 나에게 하는 충고며, 위로다.

4부 나와 마주하다

Round & Round 캐나다

늘 사진으로만 보던 멋진 풍경의 캐나다. 아름다운 자연이 있고, 무엇보다 아이들의 천국이라는 캐나다.

나는 오래전부터 그곳에 가고 싶었다. 그리고 시간이 흐른 지금 캐나다에 살고 있다. 아무 연고도 없는 곳이었지만 새로운 시작의 의미로 볼 때, 이보다 더 좋은 곳은 없었다.

캐나다행을 계획한 것은 꽤 오래전이었다. 여느 유학 가정처럼 깨끗한 환경과 열린 교육 속에서 아이를 키우고 싶었다. 하지만 삶은 계획대로 흘러가지 않았다. 늦은 나이에 둘째를 낳아 육아 전쟁을 치렀고, 곧이어 코로나 사태가 터졌다. 예상보다 긴 시간이 흐른 뒤에야 겨우 안정을 찾았다. 내 나이 결국 오십이 넘어서야, 캐나다 학년으로 4학년이 된 둘째 아들과 함께 밴쿠버 공항에 발을 내디뎠다. 조금은 비장한 마음이었다.

두려움 반 설렘 반으로 시작한 캐나다 생활에 우리는 최선을 다해 적응해 나갔다. 드디어 아이는 학교에 등교했고, 나는 인생의 터닝포인트 같은 시간을 의미 있게 보내기 위해 매일 고군분투했다. 캐나다의 멋진 자연과 영어 환경은 실로 매력적이라서, 우리의 눈은 날마다 빛났다. 무엇보다 다양한 인종이 섞여 자유롭게 살아가는 모습 속에서 묘한 해방감을 느꼈다. 어쩌면 우리가 가장 원했던 건 편견 없는 시선이었다. 한 사람이 가진 개성과 특질을 있는 그대로 인정해 주는 것. 그것이 캐나다를 선택한 가장 큰 이유일지 몰랐다.

한국에서 우리 아이들은 학교생활에 잘 적응하지 못했다. 첫째는 초등학교 때부터 고등학교 1학년, 스스로 자퇴를 결정하기까지 한

번도 행복하게 학교를 다닌 적이 없다. 유난히 개성과 창의력이 넘치던 큰아들, 가끔 천재가 아닌가 할 정도로 뛰어난 면이 많았던 아들은 결국 학교를 그만두고, 음악의 길을 선택했다. 그리고 자신의 음악 활동을 이유로 캐나다에 함께 오는 것도 거절했다. 둘째 아들은 첫째와 다른 성향을 지녔지만, 학교를 거부하는 것은 같았다. 큰애의 학교생활이 실패로 끝나는 것을 보고 나니, 둘째의 교육이 달라야 함이 분명해졌다. 더구나 아이의 학교 선생님 중 한 명은 꽤 직설화법으로 말했다.

"이 아이는 뛰어난 면이 많아요, 하지만 집단 활동이 많은 한국 학교 시스템에선, 적응이 어렵습니다. 홈스쿨링을 하시거나, 여유가 되시면, 유학을 한번 생각해 보세요."

큰애에 이어 둘째까지 이런 말을 듣고 나니, 머리가 어질어질했다.

'우리 아이들이 대체 어떻다고, 학교는 이렇게 아이들을 내치는 것인가? 친구를 괴롭히는 것도 아니고, 오히려 눈물 많고, 누구보

다 감성이 풍부할 아이일 뿐인데.'

상처와 배신감에 치가 떨리는 심정으로 캐나다에 왔다. 캐나다는 우릴 따뜻하게 맞아줄까?

아니었다. 아이의 학교생활이 이어진 몇 달 후, 담임선생님에게서 면담 요청이 왔다.

"다니엘은 EA(Educational Assistant)가 필요한 학생이라 판단돼요. 혹시 한국에서 검사 같은 거 받아 보셨어요?"

다시 한번 내 머리는 핑핑 돌았다. 내 아이는 정말 아픈 아이일까? 나는 그동안 애써 외면만 했던 걸까.

ADHD로 오해받았던 큰아들이, 지극히 정상의 아이로 판명받은 것처럼, 당연히 둘째도 그럴 줄 알았다. 선생님의 말은 이어졌다. 원칙적으로 국제 학생은 EA 혜택을 받을 수 없지만, 학교 재량으로 잠시 도움을 줄 테니 내년 학기를 위해 비자를 변경하거나 사립학교로 옮기는 방법을 고민해 보라는 제안이었다. 정신을 차려야 했다. 상처받고 아파하기보다 처방을 마련하는 게 급선무였다. 당장 내가 할 수 있는 건 새 학교를 알아보는 거였다. 서둘러 원서와 서류를 준비하고, 기독 사립학교에 입학 신청을 했다. 그런데 학교는 면접 기회도 주지 않고, 아이를 서류에서 탈락시켰다. 캐나다는 결코 우릴 반기지 않았다. 잠시였지만, 다시 한국으로 돌아가고 싶었다. 하지만 그럴 순 없었다.

그럼, 아이를 위해 이제 난 뭘 해야 하는가? 다짜고짜 아이 학교의 교장 선생님을 찾아갔다. 부족한 영어로 상황을 설명했다.

"우리 아이는 이 학교를 너무 좋아합니다. 친구들과 계속 이곳을 다니고 싶어 해요. 그러니 한 학기만 더 연장해 주시면 어떨까요?"

감사하게도 교장 선생님은 아이는 계속 보호받을 권리가 있다면서 학교생활 연장을 허락해 주었다. 아이는 학교에 가는 것을 정말 행복해했다. 모든 선생님이 자신에게 친절하고, 친구들도 착하다고 했다. 무엇보다 아이가 진심으로 느낀 건, 있는 그대로의 모습을 보고 '괜찮아'라고 말해 주는 분위기였던 것 같다. 나 또한 서서히 깨달았다. 선생님이 EA를 말한 건 아이를 차별하는 것이 아니라, 도와주려는 것이었음을. 캐나다에선 아이들 모두 평등한 기회를 가질 권리가 있고, 그러기 위해선 사회의 보장 시스템이 꼭 필요했다. 나는 내 아이가 여기 캐나다에서 좀 더 자라고, 성장하길 점점 바라게 됐다.

학기가 끝나갈 무렵 나는 큰 결심을 했다. '내가 학생 비자를 취득하면 아이는 로컬 아이들과 똑같이 모든 혜택을 누릴 수 있다. '그래. 그럼, 내가 공부를 하자!' 무엇을 전공할지 고민하다 한국에서의 인테리어 경험을 떠올렸다. 자연이 아름다운 캐나다의 강점을 살려 조경을 전공해, 공간에 접목해보고 싶다는 생각이 들자 가슴이 두근거렸다.

부랴부랴 서류를 준비하고 영어 시험을 치렀다. 다행히 합격 통지서를 받았고, 나는 내년부터 캐나다에서 다시 대학생이 된다. 오십이 넘은 나이가 무슨 상관이랴, 평생 공부해야 하는 세상에서 나이에 위축될 필요는 없다. 처음은 아이를 위해 온 캐나다였지

만 이제 이곳은 나에게도 인생 2막의 기회를 열어 줄 약속의 땅
이 되었다. 아이와 함께 나는 여기서 몇 년을 더 살아보려 한다.
아이는 자유롭게 꿈을 펼칠 수 있는 학교에서 무럭무럭 성장하
고, 나는 매일의 도전을 즐거움으로 바꾸며 살 것이다.

오랜 시간 돌고 돌아온 캐나다. 이제 우리의 태도만이 남았다.

오십의 마음가짐

오십이란 나이는 참 무겁다. 반 백살 이라는 숫자 자체도 그렇거니와 50에 10을 보태면 간단히 60이 돼버려, 더는 피할 길 없는 노년의 길로 접어드는 것이다. 60에 또 10년을 더하면 70. 돌이켜 보면 10년이란 시간의 단위는 너무 빨랐다. 아이들을 키우고, 가정의 경제적 기반을 갖추다 보니 10년이 두 번, 그렇게 20여 년의 시간이 참 쏜살같이 흘렀다. 하나의 주기를 지나왔고, 또 이만큼의 주기를 반복하게 되면 나는 정말 70의 노인이 된다. 오! 세월이여. 마흔이 됐을 땐 30대를 아쉬워하고, 이제 50

대로 들어서니 40이 젊었다는 걸 알겠다. 내가 60~70대가 되면 오십이 청춘이었음을 알게 될까, 딱 10년만 시간을 되돌렸으면 좋겠다. 그럼, 나는 너무 늙지도, 가난하지도 않은 모습으로 지금보다 용기 있게 살아갈 것 같은데⋯. 그렇다면 60이 된 나를 상상해 본다. 오십이란 숫자도 무척 신선하게 다가오지 않나, 이제 또 시작된 생애의 10년 주기를 잘 살아보련다.

워드 파일을 뒤적이다 발견한 일 년 전 나의 글이다. 만 나이로도 오십을 넘긴 이후, 나이에 대한 부담감이 꽤 컸던 모양이다. 또 일 년이 지난 지금의 나는 어떤 모습일까.

최근 한 강연에서 흥미로운 나이 계산법을 접했다. 핵심은 100세 시대를 살아가는 지금, 자기 나이에서 20년을 빼는 것이다. 예전 같으면 예순은 완전한 노년으로 여겨져 환갑 잔치를 하는 것이 당연했다. 하지만 지금 누가 예순에 노인을 자처하는가, 팔순 정도는 되어야 비로소 노년이라 부르는 시대다.

이 새로운 계산법을 적용하면 지금의 육십 대는 마흔 언저리의 청년이 된다. 나 또한 20년을 덜어내니 서른의 청년이다. 무엇이든 도전해도 전혀 늦지 않은 나이. 이 셈법은 내게 잃어버린 젊음을 되찾아 주었을 뿐만 아니라, 미래에 대한 희망을 다시 꿈꾸게 해주었다.

올해 1월부터 나는 새로운 삶을 시작한다. 인생 2막의 서곡, 캐나다 대학에서의 공부다. 솔직히 '과연 내가 잘할 수 있을까' 하는 두려움이 앞선다. 하지만 서른의 마음으로 생각하면 이 또한 패기 있게 부딪쳐볼 만한 도전이다.

긍정의 마인드로 바라보라. 나는 이제 설익은 청춘이 아니라, 풍부한 경험과 안목을 갖춘 농익은 청춘이 아닌가. 어떤 예기치 못한 상황을 만나더라도 능숙하게 대처할 준비가 돼 있을 것이다. 10년만 젊었으면 좋겠다는 푸념은 이제 거두려 한다. 20년을 통째로 덜어냈으니 늦었다는 변명과 늙었다는 생각은 저만치 던져버릴 작정이다.

현재를 살아가는 나이 오십의 마음가짐은 이토록 바쁘고 새롭다.

오! 잉글리쉬

캐나다에서 2년째 살고 있다. 적지 않은 수준으로 매일 영어를 사용 중이다. 물론 유창하진 않다. 오랜 시간 영어를 공부하긴 했지만, 모두가 공감하듯 한국 영어 공교육의 폐해는 커서, 그 부작용은 오래도록 영향을 끼치고 있다. 당연히 제일 어려운 건 영어 말하기다. 지금은 어느 만큼 눈치가 생겨 상대의 말을 다 알아듣지 못해도, 적당히 그 분위기에 맞는 짧은 문장으로 대화를 그럭저럭 이어나간다. 하지만 처음 원어민 앞에서 이야기를 할 땐, 완전히 얼음이 됐었다. 오후 인사로 굿모닝을 날리거나, 아이 학교에서 "제가 이 아이의 엄마입니다. / I'm his mother."라고 말하는 대신 "내가 네 엄마다 / I'm your mother."라고 말해버린 적도 있다. 이 외에도 일일이 열거하지 못할 정도로 이불킥 할 만한 브로큰 잉글리쉬는 많았다. 너무 부끄러워서 다시는 그들 앞에 서고 싶지 않을 때도 있었지만 영어 생활을 포기하진 않았다.

내가 살고 있는 밴쿠버 옆 랭리 신도시는 한인들이 비교적 많은 편이다. 어떤 사람들은 영어 한마디 하지 않고도, 이곳에서 사는 데 지장이 없다고 말한다. 하지만 내 생각은 좀 달랐다. 영어가 주류인 사회에서 한국 사람들만 만나고, 우리말만 고집한다는 것은 계속 이방인을 자처하는 것이다. 나는 그들의 생각과 문화를 알고 싶었다. 그래서 그들에게 용기를 내어 다가갔다. 나의 mbti는 지극히 I 성향이라, 처음부터 쉽진 않았다. 막상 Hi 해 놓고, 막힌 적이 대부분이었다. 할 말을 준비해 놓고 갔지만, 막상 그 앞에 서면 긴장이 돼서 해야 할 말도 잊어버리고 어버버하다가 그냥 bye. 돌아서기가 일쑤였다. 그제서야 영어 표현이 떠올랐지만 이미 상황은

종료됐고, 나는 아쉬움과 속상한 마음을 가진 채 다음을 기약해야
했다.

  이왕 외국에서 살게 된 것, 영어 소통을 제대로 하고 싶은 욕심
이 생겼다. 내가 참여할 수 있는 esl class를 모두 찾아 등록했다.
일주일에 두 번 3시간씩 진행하는 유료 영어 수업과 도서관에서
진행하는 한 시간짜리 무료 수업까지. 어떤 날은 하루에 클래스 3
개를 듣기 위해 몇십 킬로미터씩을 왕복하며 다니기도 했다. 다양
한 장소에서 많은 사람들을 만났고, 외국 친구들도 생겼다. 한 번
씩 만나 친분을 쌓고, 서로의 집에 초대도 하면서 우리의 영어 생
활을 이어 나갔다. 그 중, 정말 친한 친구도 만들었는데 그녀는 나
의 esl 선생님이었다. 알고 보니 우리는 같은 70년대 생으로 통하
는 것들이 많았다. 함께 커피도 마시고, 밥도 먹고, 쇼핑도 하며,
점점 서로에게 마음을 열어갔다. 처음엔 나의 부족한 영어 실력을
티처에게 점검 당하는 것 같아 긴장되었지만, 시간이 지나며 조금
씩 익숙해졌다.

그녀는 왜 기꺼이 나의 친구가 되어 주었을까? 내가 알기로 캐나다 사람들, 특히 주류 사회의 사람들은 콧대가 높고, 보이지 않는 벽이 견고해서 나 같은 이방인 유학맘에게 마음의 빗장을 여는 일이 쉽지 않다고 들었다. 처음엔 그저 운이 좋았다고 생각했다. 하지만 그녀와 더 많은 시간을 공유하며 나는 그 답을 어렴풋이 깨닫기 시작했다. 언젠가 한 번은 식사 도중 하고 싶은 말이 입안에서만 맴돌아 답답한 마음에, 한숨을 내쉰 적이 있다. 그때 그녀가 내 손을 가만히 잡으며 말했다.

"수아, 완벽한 문장을 만들려고 애쓰지 않아도 돼, 나는 단지 너의 이야기를 듣고 싶을 뿐이야."

그녀가 바란 것은 나의 유창한 영어가 아니라, 그저 서로의 진심을 나누는 거였다. 그러나 나는 전치사나 시제 같은 문법에 매달려, 스스로 장벽을 만들고 있었다. 나는 그녀의 손에 나의 손을 포갰다.

"Thanks, Georgene... My friend."

영어는 어렵다. 영어를 내뱉을 때마다 여전히 긴장되는 마음은 쉽게 사라지지 않을 것이다. 하지만 완벽한 영어보다는 따뜻한 눈맞춤이, 유창한 발음보다는 진심 어린 경청이 관계의 핵심임을 깨닫는다. 영어를 배운다는 것은 단지 외국어를 습득하는 과정이 아니라 나라는 사람의 세계를 확장하고, 타인의 세계로 건너가는 다리를 놓는 일이다.

나는 매일 영어를 쓴다. 그리고 매일 좌절하며, 또 매일 조금씩 성장한다. 속상하게도 나의 영어 실력은 아주 느린 속도로 성장하고 있지만, 사람을 향한 이해의 폭은 그보다 깊어지고 있음을 느낀다.

콧대 높다던 캐나다 친구와 커피 한 잔을 두고 마주 앉아, 서로에게 미소를 건네는 오후. 나는 더 이상 이방인이지 않다. 나의 영어 실력이 여전히 엉망일지라도 우리에겐 번역이 필요 없는 완벽한 공감이 흐르고 있으니까.

밤의 뒤척임

잠드는 것을 잊어버린 것 같은 밤이 있다. 침대에 누워 이리저리 몸의 방향을 돌려보고 눈을 떴다, 감았다 하며 양의 숫자를 세어 보아도 안 된다. 지금껏 내가 어떻게 잠이 들었었나 할 정도로 도무지 잠자는 게 어려울 때, 그럴 땐 그냥 몸을 일으킨다. 어둠 속에서 침대 헤드에 등을 기대고 앉아 고개를 뒤로 젖힌다. 그리고 잠을 방해하는 원인을 허용해 주고 만다. 이왕 잠들지 못한다면 어디 끝까지 가보자. 그렇게 새벽까지 골몰하다가 몸의 피로가 생각을 이기지 못해 날이 밝아올 무렵, 잠이 든다.

요새는 이런 밤이 늘어난다. 밤중에 자주 깨고, 한번 잠을 깨면 다시 잠드는 것이 어렵다. 어떤 날은 밤새도록 화장실을 들락거리느라 거의 뜬 눈인 날도 있다. 예외일 수 없는 갱년기 몸의 변화. 새벽에 잠 깬 후 다시 잠을 청할 때 보통 등을 대고 눕는다. 추위를 많이 느끼니까 몸 전체를 다시 덥히기 위해선 온열 매트에 몸 전체를 밀착해야 한다. 조금 있으면 더워진다. 그러면 옆으로 돌아누워 한쪽 발을 이불 바깥으로 뺀다. 밤새도록 이 과정의 연속이다. 어젯밤엔 오랜만에 완전히 엎드려 누워봤다. 배가 너무 차가워서였다. 엎드린 상태로 20분쯤 있다가 얼굴 주름이 걱정돼 원래의 자세로 돌아왔다.

어렸을 땐 이불을 머리 끝까지 뒤집어쓰고 잤다. 매일 밤 이불을 텐트로 만들어서 아늑함을 느끼며 잠드는 걸 좋아했다. 시간이 지나면서 옆으로 자게 됐다. 20대엔 허리 통증이 심했는데 옆으로 자는 게 척추에 안정적이었기 때문이다. 요가를 하면서 다행히 허리 통증은 사라졌다. 그러다가 우연히 엎드려 잠든 날이 있었다. 웬걸,

예상외로 너무 편안했다. 배와 가슴을 따뜻한 바닥에 대고 있으니까 심리적으로 안정됐다. 당시엔 얼굴 주름을 걱정할 필요가 없는 젊은 나이여서 맘 놓고 엎드려 잤다. 그리고 오랫동안 그 수면 자세를 유지했다. 슬프게도 이젠 그럴 수 없게 됐다. 새벽에 문득 잠을 깨면, 난 대체로 똑바로 누워 있다. 몸의 면적을 최대한 덥히는 게 보온을 유지할 수 있어서다. 시간의 흐름에 따라 달라지는 잠의 포즈들.

자는 모습을 보면, 그 사람의 성격을 알 수 있다고 한다. 똑바로 누워 자는 사람은 자신감이 충만하고, 옆으로 눕는 것을 선호하면 긍정적인 마음을 가진 사람, 엎드려 자는 자세는 모험가의 성향을 지녔다고 한다. 쉽게 동의하기는 힘들다. 자는 모습은 성격에 유래하기보단, 한 사람의 생활 습관과 환경에 따라 변하는 것이므로.

잠들지 못하는 밤은 밤새도록 뒤척임의 연속이다. 나의 수면 자세가 총동원되고, 결국은 새벽의 미명을 바라본다. 어떤 생각에 사로잡히거나 중요한 계획을 세울 때 종종 밤을 새운다. 그리고 아침

이면 밤새 정리한 내용들을 하나씩 적용하기 시작한다.

캐나다에서 생활하면서 밤을 새우는 일이 늘어났다. 물론 영어 공부로 밤을 새운 적은 없고, 주로 난제들을 해결해야 할 때다. 젊은 시절엔 밤새우는 것쯤이야 몸에 별 지장을 주지 않았지만, 이제는 잠을 잘 못 자면 몸이 축난다. 억지로라도 자기 위해 침대에 머물러 있다. 그러나 결국 실패로 끝나고, 그냥 이 정적을 받아들인다. 내일 아침은 피곤함으로 하루를 시작할 것이다, 하지만 동틀 녘 정리한 생각들은 나의 결정에 도움을 준다.

인생의 계절마다 잠의 포즈는 달라졌다. 어린 시절 아늑함을 찾던 이불 텐트도, 통증을 피하려 애쓰던 20대의 옆 잠도, 심리적 안정을 주던 젊은 날의 엎드린 자세 또한 그 시절의 내가 잠들기 위해 선택한 최선의 포즈였다.

잠들지 못하는 밤, 침대 위의 뒤척임은 내가 현재를 살아가는 모습이다. 새벽녘의 마음가짐이 결정에 도움을 줄지라도, 내일을 살아야 하는 나에게 지금, 잠을 잘 자는 일이 다른 무엇보다 중요하다.

잠들기 전 요가를 하고, 멜라토닌 한 알을 삼켜봐야겠다. 오늘 밤
은 뒤척임 대신 평온한 숙면으로 나를 데려가고 싶다.

테라스의 낭만

캐나다살이를 시작하며 최소한의 물건만 사기로 했다. 냉장고와 세탁기 같은 기본 가전은 집집마다 갖춰져 있어, 가구만 구매하면 되었다. 침대와 소파는 새것으로 사고, 식탁은 중고로 구매했다. 그 밖의 소소한 살림살이들도 하나씩 채워 나갔다. 한국에서부터 미니멀 라이프에 어느 만큼 익숙해진 터라, 이곳에서도 꼭 필요한 것들로만 집안의 모양새를 갖춰갔다. 생활이 어느 정도 익숙해지자 마음 한구석에서 조금씩 욕심이 고개를 들었다. 아직 아무것도 없는 텅 빈 테라스를 꾸미고 싶어진 것이다.

요즘 한국 아파트에는 베란다가 거의 없다. 예전엔 집마다 베란다가 있었지만, 공간을 확장해 거실을 넓게 쓰려는 인식이 확산하면서 그 자리가 사라졌다. 빨래를 널거나 화분을 놓는 분명한 쓰임이 있음에도, 집을 더 넓게 쓰고 싶은 욕망이 주택의 설계까지 바꿔놓았다. 내가 살던 아파트에도 당연히 베란다는 없었다. 가끔은 베란다가 있는 오래된 아파트를 사서 예쁘게 꾸며보고 싶다는 생각도 들었다. 막연하게나마 내게 테라스가 생긴다면 멋진 의자를 갖추고 예쁜 온실을 꾸며, 차를 마시고 책도 읽는 낭만적인 공간으로 쓰리라는 야무진 상상을 하기도 했다. 없는 공간에 대한 결핍이 한 번씩 찾아왔다.

캐나다 주택가를 걷다 보면 아름다운 테라스를 갖춘 집들이 참 많다. 산책길에 만나는 그들의 테라스를 구경하는 건 늘 즐거운 일이었지만 한편으론 부러운 마음이 들었다. 나도 그들처럼 여유와 낭만을 만끽하고 싶었다. 몇 달을 고민하다가 결국 테라스 체어를 샀다. 탁자까지 세트로 갖추기엔, 예산이 초과되어 일단 아들과 내가 앉을 의자 두 개만 구매했다. 야심 차게 의자를 베란다에 모셔 놓고, 다음 날 아침 설레는 마음으로 커피잔을 들고 테라스로 나갔다. 하지만 탁자가 없으니 잔을 놓을 곳이 마땅치 않았다. 옆 의자에 올려두자니 기우뚱 쏟아질 것 같아 어쩔 수 없이 바닥에 내려놓았다. 한껏 아침 공기를 들이마시며 낭만을 즐기려 애썼지만, 날씨는 생각보다 쌀쌀했고 바닥에 놓인 커피잔은 영 모양새가 나질 않았다. 결국 십 분도 채 버티지 못하고 거실로 돌아왔다.

'어, 이게 아닌데…'

나의 오래된 로망을 실현하기 위해 이후에도 몇 번이나 테라스로 나갔지만, 좀처럼 적응이 되질 않았다. 그저 빨리 편안한 거실 소파로 돌아가고 싶은 마음뿐이었다. 탁자를 사면 좀 나아질까 고민도 해보았다. 하지만 그리 마음이 당기지도 않았다.

캐나다 사람들은 정말 저 테라스를 잘 쓰고 있는 걸까, 틈날 때마다 살짝 엿보았다. 과연 그랬다. 그들은 테라스를 지인들과의 티

파티나 식사는 물론, 스트레칭과 요가를 하는 공간으로도 활용하고 있었다. 테라스 문화는 그들 생활의 일부였다. 지금껏 실내에서의 활동만 익숙했던 나는, 그들의 여유를 부러워만 할 뿐 정작 즐기지 못했다. 테라스에 앉아 있어도 머릿속엔 '지금 이러고 있을 때가 아닌데…' 하며 당장 해야 할 일들만 떠올랐다. 불편함의 원인은 공간이 아니라 여유를 즐길 줄 모르는 내 마음이었다.

이역만리 타국 땅에서 여유를 갖고 살기란 쉽지 않다. 하지만 달리 생각하면, 지금 내게 주어진 이 시간은 인생에서 단 한 번뿐인 귀한 시간이다. 깊숙이 숨을 들이쉬고 잠시 멈춰도 괜찮다.

의자에 쌓여 있던 먼지를 깨끗이 닦아내고, 담요를 챙겨 다시 테라스로 나갔다. 쌀쌀한 날씨임에도 밖으로 나와 햇살을 즐기는 이웃들이 보였다. 비가 그치고 오랜만에 펼쳐진 맑은 하늘 아래 가만히 앉아 있으니, 비로소 작은 행복이 밀려왔다. 조금은 그들의 문화에 가까워진 기분이다. 이러다 보면 나도 곧 테라스에 익숙해져 의자에 어울리는 예쁜 탁자도 사고 공간을 정성껏 꾸미게 될지도

모르겠다. 그리고 소중한 사람을 초대해 오후의 티 타임을 갖는 멋

진 상상도 해 본다.

산책하기 좋은 날

캐나다 밴쿠버 주변에서 산책하기 가장 좋은 곳을 꼽으라면, 많은 사람들이 포트랭리를 추천한다. 아기자기한 상점과 앤틱샵, 잘 보존되어 있는 역사적인 건물들, 그리고 몇십 분 간격으로 지나가는 기차까지… 낭만적인 요소가 가득한 곳이라, 관광객들로 늘 북적이는 곳이다. 특히 한 유명 연예인의 방송 프로그램에서 캐나다 여행 중 들렀던 북카페는 너무 유명해졌고, 한국인에게 꼭 들러야 하는 브런치 코스가 되었다.

내가 사는 랭리에서 포트 랭리까지는 차로 10분밖에 걸리지 않아 자주 가는 편이다. 생각보다 마을의 규모가 작은데, 반나절만 둘러보아도 웬만한 것들은 눈에 다 담을 수 있다. 예쁜 거리와 빈티지 샵을 실컷 구경하고, 곳곳에 가득한 포토존 앞에서 사진도 찍는 즐거운 산책길. 하지만 내가 가장 맘에 들었던 산책 코스는 다름 아닌 공동-공원 묘지였다. 캐나다의 공원묘지는 어느 한적한 곳에 있지 않고, 사람들이 항상 다니는 길 위에 위치해 있다. 공원은 포트랭리로 진입하는 길목에 있는데 그 옆에는 주택가와 학교, 각종 시설들이 함께 모여 있다. 처음엔 한국과 다른 문화에 적잖이 충격이었다. 그러나 생각해 보면 죽음이 일상의 장소에 놓인다는 것, 그것은 삶과 죽음의 간극이 그리 크지 않음을 우리에게 일깨워 준다. 이들에게 죽음이란 삶의 한 부분이며, 현재와 공존했다.

　어느 화창한 봄날, 나는 아이와 함께 포트랭리 산책길에 나섰다. 그날은 용기를 내어 공원묘지에 가보기로 했다. 처음 묘지 안으로 들어섰을 때 긴장이 되었다. 많은 사람들의 영혼이 잠들어 있는 이곳을 산책 삼아 와도 되는 것인지, 행여 그들을 언짢게 하지는 않을까?

공원엔 아무도 없었다. 1800년대부터 현재까지 여러 세대가 함께 잠들어 있는 이곳. 고요히 누워 있는 수많은 묘비들과 그 앞에 놓인 꽃과 화분들. 꽃이 이렇게나 싱싱한데 언제, 누가 두고 갔을까. 꽃을 보면, 사랑하는 사람을 떠나보내고도 계속 그리워하는 누군가의 마음이 느껴진다. 우리는 묘비명이 새겨진 무덤 앞에 오랫동안 서 있었다.

"어머니, 천국에서 잘 계시죠? 그곳에서 꼭 다시 만나요."

"○○○야, 네가 너무 그리워, 너의 모든 것을 우리가 영원히 기억해."

트럼펫이 놓여 있는 어떤 묘비명에는 이렇게 적혀 있다.

"당신은 너무나 재능 있는 뮤지션이었습니다. 그리고 참 멋진 사람이었어요."

나도 모르게 눈물이 주르르 흘렀다. 그리고 짧게나마 그들의 생전 삶을 상상해 보았다. 이들은 모두 한때 누군가의 친구이자 연인이었고, 사랑하는 가족들과 행복한 추억도 많았겠지….

아이도 묘비명을 함께 읽어 내려가며, 숙연해지는 모습이었다. 그리고 이렇게 말했다.

"엄마, 지금 들리는 새 소리는 날 찾아와 줘서 고맙다는 소리로 들려요."

아이는 죽은 영혼 중 하나가 새가 되어, 이곳을 날아다닌다고 생각한 모양이다. 내 생각도 크게 다르진 않았다. 우리가 죽어서 영혼이 되면 자유롭게 이곳저곳을 넘나들며, 살아 있는 것들을 여전히 지켜보고, 사랑하는 사람 옆에 한동안 머물기도 할 것 같거든.

그날 우리의 산책 코스는 즐거웠다. 일상 속에서 삶과 죽음에 관해 아이와 이야기 나눈 시간은 분명 의미 있었다.

맑고 화창한 날엔 공원묘지로 산책길에 나서기를 추천한다. 우리 곁을 한 번씩 스치는 바람과 새소리는 아마도 누군가의 영혼일 테고, 그리움의 또 다른 모습일 수 있으니, 그들을 위로하는 따뜻한 마음을 갖고서.

크리스마스 조명이 꺼질 때

북미 지역에서 크리스마스를 보낸다는 건 꽤 흥미로운 경험이다. 이곳 캐나다는 10월 말부터, 미국은 11월 중순 추수감사절이 끝나자마자 본격적인 크리스마스 시즌이 시작된다. 평소 한적하던 주택가에는 온갖 크리스마스 캐릭터들이 총출동하고, 집집마다 경쟁하듯 밝힌 레드와 그린의 전구들로 도시 전체는 놀라운 활기를 띤다. 라디오에선 하루종일 캐럴이 끊이지 않고, TV 채널은 온통 크리스마스와 관련된 것들로 채워진다. 무료로 즐길 수 있는 반짝반짝 빛나는 소박한 공연들까지…. 가만히 있어도 우리는 어느새 크리스마스라는 거대한 울타리 안에 놓여 있다.

작년에 이어 올해도 크리스마스 디너에 초대받았다. 이곳의 파티는 주로 각자 음식을 준비해 오는 '포트럭(Potluck)' 형식이라, 여러 나라의 음식과 문화를 한자리에서 경험하는 즐거움이 있다. 나는 한국을 대표하는 잡채와 떡볶이를 준비했고, 나의 캐네디언 친구는 가족의 특별한 레시피로 구운 터키 요리를 가져왔다. 터키 고기에 으깬 감자와 크랜베리 소스를 곁들이니 생각보다 조화로운 맛이 났다. 호스트인 브라질 친구가 준비한 전통 라이스와 샐러드까지 더해져 식탁은 풍성했다. 맛있는 식사 후에는 카드와 선물을 교환하는 시간이 이어졌다. 누군가를 생각하며 정성껏 카드를 고르고, 마음을 표현하는 따스한 정서가 이곳에 여전히 남아 있어 행복했다.

한 달여간 여러 모임과 이벤트를 바쁘게 즐기고 나니, 어느새 크리스마스 당일이다. 축제의 정점인 이날은 오히려 조용히 지나간다. 이제는 들떠 있던 마음을 갈무리해야 할 시간.

캐럴이 멈추고 거리의 조명들이 하나둘 꺼질 때, 나는 잠시 우두커니 서 있다. 화려함과 소란스러움이 모두 지나간 뒤 불 꺼진 트리의 마음이 나와 같을까? 그 모든 들썩임 속에서 만난 낯선 이들과의 짧은 환대, 나를 증명하려 애쓰며 치장했던 말들, 식탁 위를 떠돌던 웃음소리. 마침내 모든 불이 꺼지고, 어둠 가운데 홀로인 적막한 시간이 찾아왔다.

트리의 역할은 이것으로 충분하다고 스스로를 다독이며, 이제 모든 반짝이던 것들을 하나씩 정리한다. 그리고 다시 어두워진 거리로 나가, 길게 숨을 내쉰다.

크리스마스의 불은 꺼졌지만, 우리 일상의 축제는 그 뒤에도 계속된다. 지금은 일단 이 고요함으로 나를 충분히 채우고 싶다. 그리고 나서야 우리는 다시 축제를 맞을 수 있을 테니까, 삶이 늘 그래왔던 것처럼 말이다.

삶은 매 순간 다른 빛깔로 온다

지난 여름은 노을을 실컷 보았다. 너무 아름다웠던 그 하늘을 난 평생 잊지 못할 것이다. 캐나다의 여름은 낮이 특히 길어, 밤 10시까지 해가 지지 않는다. 내가 사는 서향집은 밤 늦도록 해가 들어와서 무척 더웠지만, 아름다운 노을을 오래도록 볼 수 있는 뷰 맛집이었다. 비로소 나의 테라스가 그 빛을 발하는 시간이기도 했다. 하루의 모든 일과를 마치고, 테라스 의자에 앉아 노을을 바라보면 아득한 기분이 들었다. 한국을 떠나 이토록 먼 곳에 와 있음을 실감하다가, 마법 같은 하늘의 색상에 한 번씩 황홀경에 빠지기도 했다. 전엔 노을의 색깔이 그처럼 다채로운지 몰랐다. 핑크빛이었다가, 주황빛이다가, 태양과 같은 강렬한 붉은색의 하늘, 심지어 보랏빛인 날도 있었다. 유난히 태양이 이글거렸던 날은 노을의 색이 거의 빨강에 가까웠다. 노을의 색깔이 달라지면 나의 마음도 그를 따라갔다. 핑크빛 노을은 설렘을 주었고, 유난히 붉은 노을을 보면, 심장 박동이 빨라졌다. 압권은 보랏빛의 노을이었다. 보라색은 내가 특히 좋아하는 색이기도 한데 하늘이 온통 보랏빛이 될 때 나는 어지러움을 느꼈다. 이토록 아름다운 하늘과 그 하늘을 배경으로 한 모든 풍경이, 사람들이, 그리고 내가, 사무치도록 좋았기 때문이다.

완전한 어둠이 찾아들 때까지 하늘을 지켜보다 마침내 노을의 여운을 가지고 돌아서는 나의 모습이 여름 내내 반복되었다. 매일 노을을 직관하던 그 여름의 루틴은 나에게 몇 가지를 가르쳐주었다. 삶은 노을의 변화처럼 색상별로 온다는 것과 우리는 이미 수많은 삶의 노을을 지나쳐 왔다는 것. 그래서 담담한 마음으로 모든 변하는 것들을 바라볼 수 있음을 말이다. 나의 계절도 노을빛처럼 바뀌어 갈 것이다. 아름다운 노을의 여운은 마음에 여전히 남아, 나의 일상을 더욱 풍성한 색채로 채우고 있다.

박수아 에세이에 나타난 숙녀의 의미

김지연(kimjiyeomwriter@naver.com)

이 책의 제목의 주요어는 '숙녀'이다. 이는 작가가 스스로를 규정하는 자아정체성의 형상이다. 이때 숙녀는 기품 있고 자존감이 높은 이상적인 존재를 의미화한다. 여기서 주목할 것은 '오래 알고 지낸'이라는 표현이다. 작가는 자신의 본질을 담은 '숙녀'를 거울처럼 객관화하여 바라보며, 마치 타자를 응시하듯 접근한다. 여기서 한 발짝 물러서서 거리감을 조성한 뒤 여유있게 자기 탐색을 진행하는 관점이 나타난다. '오래 알고 지낸 숙녀에게'라는 제목은 인간이 자기 자신을 호명하고 재발견하는 고백의 출발점을 지향한다. 이는 인간이 자기 자신의 연원과 친밀함을 시사하며, 자기 자신을 들여다보는 행위로써 수렴된다.

인간은 왜 자기 자신을 들여다보는가. 그것은 인간이 행복에 이르는 구체적인 방법론으로 작용하기 때문이다. 모든 인간이 자기 자신의 본질을 긍정적인 의미망에서 찾는 것은 아닐 것이다. '내 안의 나'가 나조차도 예상하지 못한 낯선 모습일 가능성을 배제할 수 없다. 자기 자신과의 대화와 깊은 사색을 통해 발견한 나의 진솔한 자아가 '숙녀'와 같은 고귀한 모습이라면, 작가가 수행해 온 자기 탐색이 온화하고 생산적인 방법이었음을 유추할 수 있다.

박수아 글에서 숙녀의 기원은 어린 시절로 제시되었다. 소녀가 자신을 재발견하는 방법은 거울을 통해서 가능하였고, 거울을 통해 자기 자신과 대화하는 방법을 터득하였다. 이때 소녀는 다채로운 감정을 향유하며, 마음의 평정을 지키는 방법까지도 깨닫게 되었다. 이는 소녀가 숙녀로 성장하는 과정을 보여주며, 소녀의 생각이 아름다움에 초점화되었다는 점에서 숙녀의 탄생이 예견된 셈이다.

소녀는 여인이 되고, 아내 그리고 엄마가 되는 성장을 이룬다. 이는 순조롭게 생의 주기를 탐색한 행보를 반영한다. 주어진 삶에 충실한 그녀에게 꿈에 대한 자각이 시작되었다. 꿈을 통해 그녀는 숙녀로 거듭난 것이다. 커피를 즐기며, 산책과 사진 찍기, 요가 등의 행위를 통해 새로움을 모색하였고 그 바탕에는 '아름다움'이 현존하고 있다. 삶이 주는 고투에도 다시 일어나는 힘은 숙녀의 꿈에서 비롯된 것이다.

거울 속의 그녀는 중년이 되었다. 글 속 화자는 그녀와 '오래 알고 지낸 사이'로 명명함으로써 그 소통의 깊이를 내포하고 있다. 어린 시절부터 자개농의 거울을 통해 자기 자신의 모습을 발견하고, 생애 주기에 따라 변화하는 모습을 응시하면서 자기 자신에 관한 진실한 성찰에 이른 것임을 반증한다. 글 속 화자는 "숙녀에게 보내는 편지"이자 "초대장"으로 명시함으로써 이 책은 여성의 자아 탐색에 관한 심도 있는 이상을 다루고 있음을 예견한다.

이처럼 박수아의 글에는 따뜻한 관조가 토대를 이룬다. 작가는 인간이 살아오는 인생이 노정을 "저마다의 계절을 통과하는 것"이라고 호명하며, 내적으로는 기품을 가진 숙녀들이 존재함을 환기한다. 이처럼 작가는 독자들이 자기 안의 숙녀를 발견하고 그와 소통하며 자기 자신과의 깊이 있는 소통을 유도함으로써 삶의 행복의 가치를 부드럽게 강조한다.

따라서 삶은 팍팍하고, 때로 불만족스러울 수 있지만 그러한 실망감은 속단인 것이다. 내 안의 숙녀를 아직 만나지 못했다면, 먼저 숙녀를 찾아야 할 것이다. 작가의 글은 삶의 여유가 무엇인지 알려준다. 자신을 아름답게 꾸미고, 자기 자신을 위하는 행위를 통해 자존감은 저절로 높아진다. 이 책은 당신의 거울이 되어 당신을 숙녀를 되비추며 당신이 감추어둔 내적 자아와 조우하여 스스로의 본질을 재고할 수 있도록 도움을 줄 것이다.

오래 알고 지낸 숙녀에게

초판 1쇄 발행 ｜ 2026년 2월 27일

지은이 ｜ 박수아
펴낸이 ｜ 김지연
펴낸곳 ｜ 마음세상

출판등록 ｜ 제406-2011-000024호 (2011년 3월 7일)

ISBN ｜ 979-11-5636-653-9(03810)

원고투고 ｜ maumsesang2@nate.com
블로그 ｜ http://blog.naver.com/maumsesang

값 16,800원